AS DUAS VERSÕES
DE NÓS DOIS

Júlio Hermann

AS DUAS VERSÕES DE NÓS DOIS

O amor pode ser uma surpresa

COPYRIGHT © JÚLIO HERMANN, 2020
COPYRIGHT © FARO EDITORIAL, 2020

Todos os direitos reservados.
Nenhuma parte deste livro pode ser reproduzida sob quaisquer meios existentes sem autorização por escrito do editor.

Diretor editorial **PEDRO ALMEIDA**
Coordenação editorial **CARLA SACRATO**
Edição **ALESSANDRA JUSTO**
Preparação **MONIQUE D'ORÁZIO**
Ilustração de capa **AS.MAKAROVA | SHUTTERSTOCK**
Imagens internas **JESADAPHORN, MAXIM MAKSUTOV, OODSTUDIO, AUTUMNN, ALLIES INTERACTIVE, ALIA88, JESADAPHORN, NADIA GRAPES, RED MONKEY, ALEXANDER_P, SERAFIMA DASHKEVICH, CIENPIES DESIGN, ASTEL DESIGN, NOTIONPIC, OBJECTDD | SHUTTERSTOCK**
Capa e projeto gráfico **OSMANE GARCIA FILHO**

Dados Internacionais de Catalogação na Publicação (CIP)
Angélica Ilacqua CRB-8/7057

Hermann, Júlio
    As duas versões de nós dois / Julio Hermann. – São Paulo : Faro Editorial, 2020.
176 p.

    ISBN 978-65-86041-42-2

    1. Ficção brasileira I. Título

20-3477   CDD B869.3

Índice para catálogo sistemático:
1.Ficção brasileira B869.3

1ª edição brasileira: 2020
Direitos de edição em língua portuguesa, para o Brasil, adquiridos por FARO EDITORIAL

Avenida Andrômeda, 885 - Sala 310
Alphaville — Barueri — SP — Brasil
CEP: 06473-000
www.faroeditorial.com.br

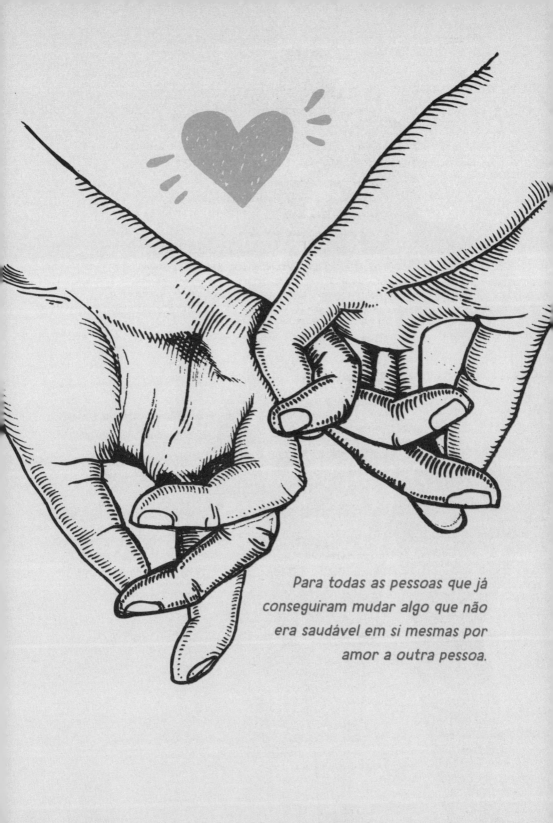

Para todas as pessoas que já conseguiram mudar algo que não era saudável em si mesmas por amor a outra pessoa.

SE PUDÉSSEMOS VOLTAR AO DIA EM QUE NOS CONHECEMOS, EU NÃO ESQUECERIA MEU CORAÇÃO NELE.

"HIGH HOPES", KODALINE

1

QUANTAS VEZES PROCURAMOS SER VISTOS ONDE SÓ EXISTE CERRAÇÃO?

Do meu lado da mesa, eu observava Olívia, que reclamava do namorado. Suas palavras escorriam pela mesa, mudas e sem sentido, porque, para mim, só os olhos dela existiam. Eu queria mergulhar naquela profundidade castanha que era proibida pra mim. Naqueles olhos morava uma surpresa ou um segredo que ela escondia a cada vez que os fechava. Mas o quê?

— Ei, acorda! — Ela estalou os dedos para chamar minha atenção. — Você acredita que, pra piorar, ele ainda recusou o convite pro cinema, no sábado, depois de eu ter comprado os ingressos? — ela perguntou, pegou a bolsa da cadeira ao lado, abriu o zíper, tirou os dois ingressos e jogou-os sobre a mesa. — Tá aí a prova do crime. Não tive nem coragem de trocar.

— Não dá pra pedir reembolso? — perguntei e pedi outra taça de vinho ao garçom. — Pelo menos, você não sai no prejuízo.

— Prejuízo? O prejuízo que eu tô tendo é aqui, ó. — Bateu o dedo indicador na cabeça. — Não vai haver psicólogo que dê jeito nessa merda. O Alfredo vai ter um prato cheio na próxima consulta.

— Tua cabeça é ótima, Olívia. Caso contrário, não te aguentaria há tanto tempo.

— Ah, Daniel, não enche, vai. — Ela tomou um gole de vinho, me olhou com uma cara desconfiada e bufou. — Quer saber? É pra isso mesmo que eu pago psicólogo. — Picou os ingressos com raiva e jogou os pedaços no pratinho dos caroços de azeitona. — Que se dane a maturidade.

— Afe. Podia ter me chamado para ir com você.

— Ah, Dan, você sabe que não ia rolar. Você me conhece. Sabe que eu ia passar a sessão toda reclamando dele. Ainda mais porque ele... — Respirou fundo e olhou para cima, à beira do choro. — Aquele filho da mãe jogou a culpa *em mim* e disse que eu planejo demais as coisas. Que não permito que a gente seja livre um com o outro.

— E você aceitou? Disse que estava tudo bem e ficou por isso mesmo?

— Ah...

— Mas, Olívia, não pode ser assim. Você sabe. — Esfreguei os olhos, tomei um longo gole de vinho e considerei chacoalhar a Olívia para ela acordar pra vida. — Eu fico com o maior peso na consciência quando tenho que cancelar um dos nossos jantares.

— Eu sei, eu sei... Daniel Carboni nunca cancela seus compromissos... — Ela me interrompeu porque sabia que eu começava a falar mal dos peguetes dela e não parava. — A gente parece mais um casal de namorados do que eu e o Thomas.

— E é isso mesmo! — Procurei os olhos dela, que estavam fixos sobre os ingressos picados. Cutuquei novamente: — Ele sempre dá pra trás. Se vocês estão juntos, não pode ser assim.

— Ah, não sei — ela retrucou e ergueu o braço direito com a taça de vinho para pedir outra ao garçom. — Vai ver ele só não sabe ainda exatamente o que quer. Vai dizer que você não preferiria que a garota fosse sincera contigo e evitasse os planos? — Ela pegou a taça das mãos do garçom, bebeu um gole e ergueu ombros. — Assim, não haveria motivo para se iludir.

— Ah, tá. Como se a "sinceridade" dele fosse te deixar menos iludida. — Gargalhei. — Qual é a lógica de cancelar mais um compromisso em vez de te dar um fora de vez?

Eu era um exemplo vivo do que aconselhava a Olívia a *não* fazer. Acho que eu estaria melhor se ela me desse um fora bem redondo na cara, mas era cômodo ficar daquele jeito: dois jantarezinhos por semana, dentro do conforto da *friendzone*. Doía menos. Ainda assim, minha ideia era válida: saber o que estava acontecendo desde o comecinho seria realmente melhor, porque eu tinha perdido as contas de quantas vezes havia me enforcado por não saber se a corda que uma guria estava me dando era para ir em frente ou para colocar no pescoço. Assim, até certo ponto, o que eu estava dizendo para a Olívia fazia sentido: era melhor levar o fora de uma vez e bora consertar o coração. Por outro lado, também existia eu, Daniel, um cara de carne e osso, que não sabia como sair da situação em que já estava metido.

Ela, de um lado da mesa, perdida em possibilidades sobre o que o Thomas poderia estar fazendo; eu, do outro, me preparando para me afogar no vazio que me preenchia quando nos despedíamos.

Se eu pudesse, se eu conseguisse, colocaria as cartas na mesa e diria que gostava dela. Como isso provavelmente acabaria com a nossa amizade, era mais fácil deixar tudo do jeito que estava e continuar empurrando tudo com a barriga.

— Quer saber? Não tô nem aí. Logo passa. — Ela tomou mais um gole e ficou brincando com as migalhas caídas sobre a toalha. — Sinceramente? Melhor iludida *com* o cara, do que *sem* o cara.

— Mas, gente! — Bati com os dedos na mesa. — Alô? Terra chamando Olívia. Você não tem noção da bosta que tá dizendo?

Não era possível. Ela tinha que perceber que aquilo era uma estupidez. Melhor iludida *com o cara*? Que tipo de relacionamento de merda era aquele? A Olívia, ali, tão linda, inteligente, descolada e mil outros adjetivos que eu poderia list...

Engasguei com o vinho e olhei para o teto para tentar recuperar o fôlego. Eu continuava pagando aluguel e condomínio na *friendzone* fazia *dois anos* porque ela estava certa: melhor iludido *com* a guria, que *sem* a guria.

Com a guria, mas *sem* nenhuma lembrança da noite que tínhamos passado juntos. Será que tinha sido uma boa troca?

VOCÊ DEMOROU POUCO TEMPO
PARA PEGAR QUEM EU ERA
E TRANSFORMAR COMPLETAMENTE.

"FALLIN' ALL IN YOU",
SHAWN MENDES

2

Olívia e eu nos conhecemos em um jantar beneficente dois anos antes. Comprei um convite porque senti que ajudar a ONG era meio que uma obrigação, ainda mais porque eu era Daniel Carboni, o certinho, o exemplo a ser seguido, o cara para casar, ainda que só minha mãe enxergasse isso.

Meus pais eram donos de uma loja de miniaturas e objetos de colecionador, então passei minha infância correndo entre reproduções de espadas medievais e estátuas de super-heróis. Com uma imaginação gigante, escolhi a publicidade como carreira para unir o útil ao agradável: meu amor por histórias malucas poderia se transformar em um saldo bancário decente. Pelo menos era o que eu pensava na época, quando ainda me achava foda o bastante para ganhar Cannes e nem cogitava a existência de puxadas de tapete e traição.

Na verdade, acho que minha paixão por *storytelling* brotou do meu desejo de ter um superpoder para reescrever o que havia dado errado na minha história. Se eu pudesse, o primeiro furo de enredo que eu fecharia seria o final do meu relacionamento com a Letícia, a ex que escapou por entre meus dedos.

Três anos depois do nosso término, eu tinha plena certeza de ter sentido o instante em que tudo acabou. No aeroporto, um frio estranho subiu pela minha espinha quando ela virou as costas para ir para o portão de embarque, e a forma como a luz iluminou o contorno do seu corpo me dizia que ela iria embora para nunca mais voltar.

Foi uma daquelas cenas bonitas de filme romântico, sabe? A mocinha se afasta, em câmera lenta, atravessando um cenário decorado em tons pastel e, ao fundo, o volume de uma música tipo "Hello", da Adele, vai aumentando.

Era o fim.

Qualquer pessoa perceberia. Qualquer pessoa menos eu, claro.

Ainda acho que eu deveria ter insistido um pouco mais. Poderia ter jogado tudo para o alto e embarcado com ela para a Irlanda para tentar a sorte, porque tudo o que eu tinha estava indo para Dublin, onde eu poderia me matricular em um curso de especialização ou de inglês, sei lá.

Não adiantava. Na minha cabeça, a culpa era minha, e tudo teria dado certo se eu tivesse corrido atrás. Nós nos gostávamos muito e nos dávamos bem, então era natural continuarmos com o relacionamento, mesmo com a distância física, mas acabei deixando pra lá, relaxei.

Ela foi, eu fiquei, e não dava mais para mudar. Vivendo e aprendendo. Não, vivendo e tropeçando, tropeçando na Olívia que, pelo jeito, não estava muito longe de roubar o posto do furacão Letícia.

Então, eu estava falando daquele dia em que conheci a Olívia, não era?

Pois bem, eu não gostava muito de roupas sociais, então, em vez de um blazer preto, escondi uma camisa branca e uma gravata vermelha por baixo de uma malha cinza e pronto. Não seria visto como o melhor partido da cidade naquele evento, mas estava bem apresentável.

Só depois de estar com minha tacinha de espumante nas mãos é que me dei conta de que não conhecia ninguém por lá. Então, fiquei enrolando, observando as pinturas e esculturas à venda e balançando a cabeça para concordar com as madames que me interceptavam no salão.

É claro que algumas taças de vinho acabam com a nossa inibição — e, de vez em quando, com a nossa a dignidade —, então passei também a reparar nas pessoas ao meu redor.

Foi aí que meus olhos tropeçaram nela.

Olívia.

Olívia — que até aquele momento não tinha nome, mas tinha um jeito de olhar que faria metade dos homens presentes jogarem tudo pro alto para fugirem com ela — caminhava emburrada de um lado para o outro com o celular no ouvido.

Se eu tivesse o mínimo de noção, saberia que estava me jogando em um mar fundo demais, mas ela reluzia de uma forma irresistível. Olívia, luz, fonte cintilante de mistério, ia de um canto para o outro, e eu, Daniel, mariposa recém-saída do casulo, desinibido por causa do álcool, voei na direção dela, pronto pra começar a enrolar a corda no pescoço.

— Tá tudo bem? — perguntei, rezando para que ela não mandasse eu me catar. — Precisa de ajuda?

— Oi? — Ela me olhou com uma cara assustada. — Ajuda? Não, não. Só tô tentando ir pra casa — respondeu, balançando o celular na minha direção. — Mas, pelo visto, o seu Joel, o folgado do taxista que costumo chamar, resolveu não trabalhar hoje.

— Tô indo embora daqui a pouco. Se quiser uma carona... — Olhei para o teto para fugir daquela luz que me cegava, daquele canto de sereia. — Olha... Sinceramente? A essa hora, duvido que ele vá acordar.

— É. Provavelmente, o seu Joel deve estar roncando que nem um porco. — Ela balançou a cabeça negativamente e ergueu os ombros, enfiando o celular de volta na bolsa. — Ai, coitado. Ele é um amor de pessoa, sabe, nunca deu uma mancada. Acho que eu é que tô sem paciência.

Ela completou a frase com um sorriso que me prometia uma coisa secreta, um mistério, um convite para um redemoinho de onde eu não escaparia.

— Prazer. — Ela interrompeu meu transe com sua mão estendida. — Olívia.

— Ah, oi. Sou o... o... Daniel.

Olívia morava a uns dez minutos em direção ao sul. Mal prestei atenção no caminho, porque ela, no banco do carona, era uma coisa sobrenatural.

— Não é? — ela perguntou, mexendo na bolsa. — Acho que é.

— Claro que é — respondi, sem saber do que ela estava falando.— Sabe uma coisa que eu detesto? — Aproveitei para mudar o assunto. — Gente rica querendo aparecer.

— Nem me fala. É um tal de *senhor* pra cá, *senhorita* pra lá. Formalidade chata! — Abriu o vidro todo e tirou os sapatos, que balançou nas mãos. — Que nem esses saltos. Que coisa mais desconfortável.

— Desconfortável? Olha, desconfortáveis deviam estar aqueles cachorros... Se não estavam embaixo dos sovacos, estavam naquelas bolsas de grife. Coitados!

— Coitados mesmo. — Ela riu e olhou pela janela. — Ali, ó — disse, apontando para um prédio branco. — Quer entrar?

Meu coração disparou. O que responder àquela deusa?

— Seus pais não vão estranhar você chegando com um desconhecido?

— Desconhecido, não. Eu já sei teu nome... — Sorriu e piscou nada discreta para mim. — Além do mais, já sou mocinha, viu? Moro sozinha no apartamento. Na cidade, quero dizer. Minha família é de São Paulo.

— E como você veio parar aqui? — Estiquei o braço, pedindo que ela tomasse a frente no corredor. — Você não sente falta dos amigos? Da família?

— Ah... — Ela suspirou e foi em direção aos elevadores. Apertou o botão, encostou na parede, me encarou e continuou: — Precisava trocar de ares, sabe? Vem. — Puxou a porta do elevador e me olhou de maneira convidativa. — Mudei para uma cidade menor para me sentir mais em casa.

No corredor, o único som era o da chave girando na fechadura. Na penumbra, ela se movia como se fosse uma aparição, e seus cachos escorriam pelos ombros e contornavam seu corpo como serpentes. Olívia, Medusa, havia me hipnotizado desde o primeiro segundo.

— Você e sua família não se dão bem?

— Ná. — Ela abriu a porta, virou-se na minha direção e abriu um sorriso de farol no litoral, guiando minha rota até o sofá. — Eu me dou bem até demais com a minha família. Meu problema era a cidade mesmo. Não aguentava mais aquela rotina.

Um tempo depois, ela me confidenciou que seu pai havia morrido e que ela precisou fugir para se recuperar.

Meus olhos se prenderam em um retrato na mesa ao lado do sofá. Olívia sorria, com no máximo quinze anos, sentada ao piano.

— É você? — perguntei, apontando para a foto. — Que novinha!

— Sou eu — ela respondeu, me olhando por sobre o balcão americano. — Eu e meus pais na minha festa de debutante. Que brega, né? E eu reclamando das *socialites* da cidade. — Ela riu, sentou-se ao meu lado e me entregou uma taça já cheia. — Nem perguntei se você queria, mas vai tomar pelo menos um golinho. Não quero nem saber. Saúde!

— Opa! Saúde! — Bati a taça de leve na dela. — Você toca ou o piano era só decoração?

— Tocava. Anos de conservatório. — Levantou-se e foi ligar uma caixa de som. — Ah, por falar em tocar, vou colocar uma *playlist* per-fei-ta que eu fiz. Depois você põe a sua. Vamos ver quem tem gosto musical melhor.

— Desafio aceito. — Esfreguei as mãos e soltei uma gargalhada de cientista maluco. — Não entro em jogo para perder, meu bem.

— É o que veremos.

Ela se aproximou sorrindo. Eu tentava me controlar, mas seu cheiro chegava até mim e me arrastava para o fundo de um mar do qual eu não queria sair.

— Vamos tirar essa gravatinha aqui, porque não tem nada a ver. — Levou os dedos ao meu colarinho, e eu quase caí do sofá. — Não temos mais que ser membros respeitáveis da sociedade.

— Ah... — Minhas cordas vocais se esforçaram, mas estavam enfeitiçadas. — Cl-claro...

Na manhã seguinte, acordei ao lado dela, mas a memória do que aconteceu se perdeu entre aqueles travesseiros, e Olívia se transformou em uma coisa perdida nos meus sonhos, um gosto escondido nos meus lábios, um sussurro gravado nos meus ouvidos.

Ah, Olívia, Olívia.

Uma presença, um fantasma, uma promessa.

EU SONHO COM O DIA EM QUE VOCÊ DEIXARÁ DE SER UMA ILUSÃO.

"RUN TO YOU", LEA MICHELE

3

Olívia e eu costumávamos nos encontrar em todos os domingos e quintas. Nossas noites eram mais ou menos um jogo: o primeiro nível era fácil. A gente chegava, se espalhava na mesa, tomava a primeira dose e conversava sobre músicas, filmes e séries. Aí, chegava a hora do primeiro *boss*: trabalho. Olívia tinha mais dificuldade em vencer o primeiro chefão, porque era nova na empresa e tinha uma supervisora exigente demais, enquanto eu trabalhava no melhor lugar do mundo. Depois de muita reclamação e uns goles da segunda dose, pá! *Level up*. A segunda fase era bem divertida: falar mal da vida amorosa dela era *para mim* mais ou menos um circuito legal do Mario Kart. No momento, Thomas era o carrinho na minha frente, enchendo meu caminho de cascas de banana. Ao final da terceira bebida, *level up*. Dividíamos a conta e íamos para o apartamento dela.

— Eu acho mesmo é que você tá tentando transformar o Thomas em um novo Pedro — retruquei, pegando pesado, tipo a rainha dos dragões, Daenerys gritando *Dracaaaaarys* para tocar o terror em *Guerra dos Tronos*. — Até parece que você não gostava de quando ele viajava e te deixava sozinha para fazer o que bem entendesse.

— Ah, Dan, se liga. Que Pedro o quê! O Pedro viajava muito por causa do trabalho. Era diretor de construtora. — Tomou um gole e pegou o celular novamente, o que aumentou minha irritação. — Só falta começar agora com o mesmo discurso do meu psicólogo: *ai, você sempre procura homens que não estão disponíveis* — disse, com uma voz engraçada e uma careta. — *Homens que não estão disponíveis*. Pfft! Até parece.

— E não é? Pelo menos, é essa a novela que vejo há dois anos, meu bem.

— Negativo! Não viaja. O Thomas é diferente. É só que...

Os olhos de Olívia pousaram sobre o celular, que havia se iluminado com alguma notificação. Desbloqueou a tela, teclou alguma coisa rapidamente, deu um longo suspiro e, depois, voltou para o planeta Terra.

— É só quê? — perguntei.

— Então... É só que nós ainda não sabemos exatamente como ficar juntos de um jeito livre.

— De um jeito livre? — Cruzei os braços, bufei e apontei para o celular. — Como de um jeito livre? Vai dizer que o cara agora te controla com babá eletrônica?

— Vamos encher essa taça novamente porque você não tá bem. — Olívia soltou um risinho sarcástico e veio com a garrafa na minha direção. — Toma mais um pouquinho, vai. Relaxa. Faz bem. Acaba com essas paranoias. — Pegou o celular novamente. — Se quiser, te mando o contato do doutor Alfredo.

— Não muda de assunto.

— Ih, Daniel Carboni... Desencana! — Olívia sorriu daquele jeito mágico que me desarmava e me faria roubar um banco. — Se tem uma coisa que você me ensinou foi a *mudar* de assunto ou a *evitar* assuntos.

Não era a primeira vez que ela me dava uma indireta daquelas e, como sempre, eu não soube como reagir. Olívia vivia em dois lugares diferentes ao mesmo tempo: o primeiro, no qual a gente conversava e se entendia; o segundo, no qual ela só se comunicava por meio de enigmas que não faziam o menor sentido. Não pra mim, pelo menos.

— Oi? Do que você está falando?

— Ah... Nada. — Ela revirou os olhos e balançou a garrafa. — Vai arregar?

— Tudo bem, vai, *uma* taça. Mas, voltando... Eu ainda acho que você deveria largar a real pro Thomas — insisti e deitei as costas no sofá. — Vai dizer que você não preferiria alguém que pudesse te dar algumas certezas?

— Largar a real? Algumas certezas? — Ela gargalhou, tirou os sapatos e voltou a me encarar, muito séria. — Dizer que eu quero ter algo oficial para poder andar na rua de mãos dadas? Dizer que quero levar ele no jantar de fim de ano do escritório? Nem fodendo!

— Por que *nem fodendo*? Olívia, olha, acho que você não tá falando coisa com coisa.

— Ah! Você deveria tentar entender as coisas do *meu* ponto de vista. — Ela entregou a taça na minha mão, encostou a cabeça no meu ombro e brincou com o dedo no meu queixo. — Neném, vê se eu tenho cara de Daniel Carboni pra sair por aí sendo totalmente sincera com as pessoas que fazem parte da minha vida...

Ela me deu um beijo na bochecha e me encarou. Da caixa de som saía "Something Just Like This", do The Chainsmokers, a única música de que eu me lembrava da *playlist* daquela noite fatídica. Por que eu não tinha coragem para perguntar o que tinha acontecido? Por que ela nunca tinha me falado nada a respeito?

Ainda me encarando, ela resgatou sua taça da minha mão. Nossos rostos se aproximaram, me cobrindo com uma neblina que misturava o cheiro dela à minha vontade de desvendá-la.

E com a falta de coragem para tomar a iniciativa, infelizmente.

Há tempos havíamos nos protegido em um mundo particular cercado por muros altos que nos impediam de descobrir o que éramos um para o outro. Assim, ela não perguntava e eu não respondia.

No nosso universo, éramos guerreiros numa única batalha: Olívia sabotando seus próprios relacionamentos, e eu falando mal dos namorados dela para que ela me enxergasse como uma possibilidade.

Mas será que eu era?

ÀS VEZES EU ME PERGUNTO
SE O MUNDO ESTÁ TORTO
OU SE SOU EU.

"SOMETHING WRONG",
JAKE BUGG

4

Às 8h47, acordei com o sol batendo no meu rosto.

Minha cabeça latejava, minhas costas doíam e meus olhos embaçados de sono não me ajudavam muito a entender onde eu estava.

Olhei ao meu redor, e uma neblina familiar esgarçava os contornos do real, misturando meu corpo aos meus sonhos e confirmando a ausência das lembranças que eu nunca mais recuperaria.

Eu e minha amnésia alcoólica, uma dupla perfeita.

Fui procurar Olívia. Pela porta entreaberta, identifiquei suas pernas encolhidas sob o lençol e o cabelo revolto sobre os travesseiros. As notas de "I Will Wait", do Mumford & Sons, dançavam pelas paredes e se aninhavam sobre suas palmas.

Me sentindo clandestino, juntei chaves, carteira e o resto da minha dignidade, parei na cozinha para tomar um copo d'água e fui embora. Deixei uma mensagem no celular dela para quando acordasse.

Entrei no carro e tentei fazer um inventário da catástrofe. Estava muito atrasado, então não teria tempo para passar em casa. O que poderia fazer era parar em alguma loja de conveniência para tentar rebater aquela ressaca estranha. Física ou moral? Não sabia. Teria o dia todo para remoer essa questão.

Comi um salgadinho qualquer e virei uma lata de guaraná meio sem gelo. No banheiro, joguei água no rosto, escovei os dentes e renovei o desodorante. Me encarei no espelho. A água gelada escorria da minha cara e descia pelas marcas do meu cansaço, demorando-se em meus olhos um pouco inchados. Por que eu estava me sentindo daquele jeito? Eu e Olívia não tínhamos nada, éramos apenas amigos.

A-mi-gos.

Não fazia o menor sentido ter ciúmes do celular dela.

Será que eu precisava do telefone do doutor Alfredo?

Estacionei o carro na frente da empresa como se chegasse em casa. Eu amava trabalhar na Trave e, nas últimas semanas, os momentos mais felizes dos meus dias eram vividos sob aquele teto.

Eu adorava como o Menelli tratava os funcionários e curtia muito o ambiente, mas o que me convencia mesmo de que lá era o lugar certo para mim era a presença do Ulisses, meu melhor amigo.

Éramos praticamente extensões um do outro, e isso se traduziu em uma rotina de almoços e jantares em família, em noites de bebedeira e videogame e em uma cópia da chave do meu apartamento na carteira dele.

Como ele também havia estudado Publicidade, fiz a indicação para a primeira vaga que apareceu. Depois de contratado, o Ulisses passou uns dois meses me agradecendo, pois a Trave não só era principal agência da região, mas também tinha as paredes e as salas decoradas com faróis de Fusca e carcaças de Kombi, ou seja, um paraíso para um cara apaixonado por carros antigos.

Admito que grande parte da minha felicidade atual com meu trabalho vinha da inscrição de um projeto meu no Festival de Cannes. Eu, Daniel Carboni, que mal tinha barba na cara e que não conseguia ter uma vida amorosa 50% decente, em Cannes. *Cannes.* Tranquei o carro e fui repetindo mentalmente até chegar à recepção: Cannes, Cannes, Cannes. Não era qualquer porcaria, não.

Era Cannes.

Cannes!

Minha sacada tinha sido genial: se todas as marcas de bebidas alcoólicas diziam "se dirigir, não beba", por que não imprimir códigos promocionais em parceria com aplicativos de transporte nas latas de cerveja? Foi o que fizemos. Produzimos um comercial de TV todo engraçadinho, descolado e explicativo e *voilà!* Sucesso de público e inscrição em Cannes.

Apesar de a campanha estar bombando, havia algo de podre no reino da Trave, algo de podre que só Sherlock Holmes conseguiria resolver: algumas peças da decoração retrô da agência haviam sumido e, infelizmente, não havia câmeras. Pra piorar, como o Ulisses era o único alucinado por aquelas quinquilharias, a fofoca já tinha começado.

Afastei esse pensamento e sorri para a Renatinha, a recepcionista. Coloquei meus fones de ouvido e dei play em "Apologize", do OneRepublic com o Timbaland, porque era a lata de energético que meu corpo precisava para continuar a combater a ressaca.

Subi pelas escadas até o terceiro andar e passei na frente da sala de reunião em que cinco coitados estavam à beira de um ataque de nervos tentando controlar os efeitos de um escândalo de corrupção em que um dos nossos clientes havia se metido. Acenei e sorri, mas as caras de enterro mal perceberam minha existência.

No extremo oposto do andar, sentei na minha cadeira velha de guerra e recuperei o controle dos meus domínios: minha mesa, meu computador, minha caneca de café. Eu era o dono daquele castelo e o defenderia com unhas, dentes e bafo de vinho velho. Do alto da minha torre, tinha visão privilegiada do resto do território e do meu exército de treze pessoas. Ri e balancei a cabeça, mandando embora as lembranças das campanhas de rpg que eu jogava na loja dos meus pais quando era moleque.

Passeei os olhos pelo nosso setor, que era um dos menores da empresa. Tirei meus fones e reparei em Ulisses, que estava calado, estranho, com cara de bunda.

— Bom dia, senhores! — gritei e apertei o botão de ligar o computador.

— Bom dia — os três responderam juntos, de um jeito meio chocho.

Fiquei sem entender, porque eles estavam sempre animadões. Voltei a encarar Ulisses, que agia como se eu não existisse.

— Como você tá, cara? — Fui até a mesa dele enquanto minha máquina ligava. — Tá tudo bem?

— Tá, tá, sim — ele respondeu sem me olhar. — Normal.

— Hmmm... Tá com a mesma roupa de ontem... — A voz de Breno veio do outro lado da sala. — Pelo jeito a noite foi boa, hein?

— Quem dera. — Pensei em tirar onda, mas a verdade é que eu não sabia onde enfiar a cara e muito menos o que tinha acontecido entre mim e a Olívia. — Falhas de logística, meu caro, falhas de logística, só isso.

Voltei para o meu castelo e encarnei o detetive particular. Meus olhos se fixaram na minha caneca e nos círculos concêntricos que se formavam no resto de café do dia anterior e depois foram para o pé direito de Ulisses, que batia incessantemente no apoio da cadeira.

Por mais que ele estivesse encrencado com uns problemas de campanha, não era para tanto. Depois de umas noites em claro torrando meu cérebro, apresentei algumas sugestões para ele, o que praticamente resolveria o caso.

Subi novamente em minha torre e observei. Alguma coisa estranha estava acontecendo no meu reino, mas eu não conseguia descobrir o quê.

VOCÊ PEGOU O QUE CONSTRUÍMOS, LEVOU AO TERRAÇO DO PRÉDIO E JOGOU PARA ALÉM DO PARAPEITO. QUEDA.

"BULLET", HOLLYWOOD UNDEAD

5

Perto do meio-dia, Menelli abandonou a reunião da crise e entrou em nossa sala.

— Ulisses? — chamou, com uma caneca preta nas mãos e uma cara de poucos amigos. — Será que você poderia me acompanhar?

Observei-os se afastando. Ulisses parecia impaciente e acuado. Será que o Menelli estava levando a sério a fofoca sobre Ulisses ter roubado as peças de decoração? Não podia ser. Meu amigo era um cara de confiança, que eu conhecia havia cinco anos como a palma da minha mão.

Quarenta minutos depois, Menelli reapareceu. Caminhou até mim com o olhar perdido.

Alguma coisa estava rolando.

Alguma coisa séria.

— Carboni... Me acompanhe. — Suas palavras saíram tão geladas, que daria para deixar o ar-condicionado desligado por uma semana. — Precisamos conversar.

Segui-o até sua sala, onde encontrei Ulisses nos esperando em pé.

— Sentem-se. — Contornou a mesa e indicou a cadeira preta perto dele para Ulisses e a vermelha mais afastada, para mim. — Daniel, o Ulisses...

Minha cabeça estava a mil. Era como se eu estivesse em uma sala de interrogatório. O que eu havia feito? O que estava acontecendo?

Ulisses insistia em não me encarar, e Menelli falava, falava, falava, mas eu não conseguia escutar nada. Era como se meus ouvidos estivessem desligados. Só podia ser um episódio de *Além da imaginação*.

— Daniel? — Menelli estalou os dedos chamando minha atenção. — Tá me ouvindo?

— Desculpe. — Balancei a cabeça, rezando para acordar. — Vou pegar uma água. Não tô bem.

Senti os olhos de Menelli queimando minhas costas no breve espaço entre a mesa e o filtro. Encher um copo nunca demorou tanto na minha vida.

A água desceu estranha, dura, pontuda, até o meu estômago.

— Pois bem, Daniel. — Ele observou eu me sentar e continuou: — O Ulisses trouxe algumas informações muito delicadas até mim hoje.

— É... — Ulisses reforçou, reticente, com as mãos nos bolsos e os olhos no teto. — Não tem o que fazer.

— Você tem certeza de tudo o que me disse, Ulisses?

— Absoluta.

— Daniel, é por isso que te chamei aqui. — Ele se levantou, puxou as calças pelos passantes, ajeitou-as na cintura e começou a passear pelo escritório. — Você sabe muito bem que sempre tratei vocês como meus filhos, porque é assim que eu considerava todo mundo aqui. É por isso mesmo que o que tenho que fazer é tão doloroso.

— Mas, Menelli... — Tentei dizer alguma coisa, mas eu não tinha noção do que estava acontecendo. — Eu nem se...

— Daqui a pouco você vai saber, Daniel Carboni — ele me interrompeu, seco, enfiando e torcendo meu nome completo no meu coração como se fosse uma daquelas facas serrilhadas de caça. — Antes de mais nada, gostaria que você soubesse que estou muito decepcionado. — Suspirou e passou a mão pelos cabelos, ainda indo de uma ponta à outra da sala. — Eu não esperava isso de você. Nós poderíamos ter conversado.

Ele parou em minha frente e eu fiquei sem fôlego, pois seu olhar de desprezo estava acabando comigo.

— Para dizer a verdade, eu poderia ter te dado a luminária, se você quisesse tanto assim.

— Ãhn? — Levantei os olhos procurando pelos do Menelli e senti meu queixo caindo. — Do que você tá falan...

— Não precisa mentir, Daniel... — Ulisses me interrompeu. — O Menelli já sabe de tudo.

— De tudo o quê? — Eu estava tão transtornado que não sabia nem o que dizer. — Do que você tá falando, Ulisses?

— Da luminária, Daniel, da luminária. — Ulisses respondeu com um tom de voz que eu nunca tinha ouvido antes. — Eu estava lá, mas você não me viu. Estava no canto da recepção quando você pegou a luminária de farol de Fusca na semana passada.

Levei a mão ao peito, achando que teria um ataque cardíaco. A sala girou e minha visão perdeu o foco por um instante. Eu, roubando a Trave? Pior. Meu melhor amigo me incriminando de uma coisa que eu nunca faria? Pior ainda. Eu nem gostava de Fuscas!

Procurei Menelli, que continuava impassível olhando pela janela que dava para a rua.

— Mas, Ulisses... — sussurrei, meio derrotado, sem saber como reagir. — Eu nunca roubei nem um clipe da Trave.

— Pode não ter levado nenhum *clipe*, mas levou a *luminária*. — Menelli veio na direção da mesa onde estávamos e retomou seu lugar. — Continue, Ulisses, por favor.

— Então... — O desgraçado me olhou com uma cara cínica e continuou: — Eu vi, Daniel, eu vi. Não precisa mais mentir.

— Mas viu como, Ulisses? — Eu o encarei com um ódio que poderia ter causado a Terceira Guerra Mundial. — Como você me viu roubando uma coisa que eu não roubei? Que não tá na minha casa?

— Se está na sua casa atualmente, não sei. — Ele destravou o celular, rolou a barra algumas vezes, colocou-o sobre a mesa e empurrou-o até mim. — Tá aí, ó. Não tem como negar.

— Tá aqui, o quê? — Peguei o aparelho e, para a minha surpresa, lá estava a luminária, sobre o armário que ficava perto da porta de entrada do meu apartamento. — Mas... Como... Ulisses. Para de brincadeira.

— Contra provas não há argumentos, Daniel — Menelli interveio, com uma voz dura, coroada por um olhar carregado de um tipo de reprovação que eu nunca tinha recebido na vida, nem dos meus pais. — Olha, eu sempre confiei muito em vocês. Em todos vocês. — Ele levantou-se novamente e voltou a andar pela sala. — Tanto que nunca coloquei uma câmera sequer nesse escritório.

— Mas... — Minha voz teimava em tentar dizer alguma coisa que pudesse explicar o que estava acontecendo, mas nada fazia sentido. — Eu... Menelli...

— Daniel, eu via vocês, nós, como uma família... — Ele fez uma pausa de alguns segundos, voltou para a mesa e ficou encarando o celular do Ulisses. — Na verdade, você podia ter me pedido a luminária. Eu teria te dado de presente ou vendido por um preço simbólico, mas você preferiu roubar.

— Menelli, eu não fiz nada. — Eu tremia. Minha voz insistia em sumir da minha garganta. Eu estava à beira do choro. — Eu não levei essa luminária embora.

— Essa daí não é a sala da tua casa, guri?

— É.

Dentro de mim, eu procurava alguma solução milagrosa, quem sabe um lance quântico de, ao mesmo tempo, a luminária ter sido roubada e não ter sido roubada por mim. Em que realidade paralela eu tinha acordado?

— Mas eu não levei nada embora, nada — falei e olhei para o teto para evitar que as lágrimas descessem. — Eu nunca levaria nem meu computador para casa sem que você soubesse.

— Eu também achei que seria assim. — Menelli deixou os olhos sobre Ulisses por alguns segundos e, depois, retornou a mim. — Não tenho palavras para dizer o quanto esses acontecimentos me incomodam. Detesto que isso tenha acontecido. Detesto que tenha acontecido com você, ainda por cima, que era um dos destaques da equipe, alguém com quem eu sempre contava. — Ele suspirou fundo, pegou um papel de sua gaveta e, juntamente com uma caneta, empurrou-o em minha direção. — Mas eu tenho que fazer o que eu tenho que fazer. Pelo bem da Trave. Não vai haver processo, não vai haver nada. Nossos advogados fizeram esse documento. É só você assinar.

— Ãhn? — Meus olhos iam e vinham entre Ulisses e Menelli. — Assinar?

— Sim, Daniel. — Menelli se levantou e bateu de leve no ombro de Ulisses, que também ficou de pé. — Está tudo aí. Dê uma lida. Você está despedido.

O mundo desabou ao meu redor no exato instante em que essa frase chegou ao meu cérebro. Sem ler, assinei nos lugares marcados com um x e arrastei meu corpo derrotado até meu castelo. Mergulhado em algo perdido entre a melancolia e o ódio, juntei minhas tralhas e joguei tudo na mochila.

Meus olhos se demoraram na minha mesa, no jeito como as canetas estavam enfiadas no meu porta-lápis, no *post-it* amarelo que eu havia deixado grudado no telefone para eu me lembrar de ligar para a minha mãe na hora do almoço.

Não tinha o que fazer.

Meu castelo havia sido tomado.

O fosso não conseguira parar os inimigos.

A ponte levadiça havia sido baixada.

A cidade, invadida.

Tudo estava perdido.

Já era.

Eu tinha sido apunhalado nas costas, e minha coroa tinha sido roubada pelo meu conselheiro, pelo filho da puta chamado Ulisses.

Ao meu lado, ouvi passos pesados se aproximando.

Era ele.

— Desculpa, cara — ele sussurrou, sentou-se em sua cadeira e começou a trabalhar como se nada tivesse acontecido, como se ele não tivesse destruído minha carreira. — Era a única saída.

O IMPACTO DO MEU CORPO COLIDINDO COM O CONCRETO FOI BRUTO E LENTO. SENTI CADA UMA DAS PARTES QUE SE DESPEDAÇARAM DO MEU CORAÇÃO SE DESGRUDAREM, UMA POR UMA. O QUE VOCÊ FEZ?

"BROKEN", JAKE BUGG

6

Filho da puta.

Mas que filho da puta.

Minha cabeça repetia essas palavras como se fossem um mantra. Sentado no meu carro, batia a testa no volante sem conseguir engatar a primeira para ir embora dali.

Levantei os olhos. A rua estava estranha. As árvores balançavam, e o trânsito se movia em câmera lenta, sem cor, sem som. Os semáforos abriram e fecharam, abriram e fecharam, abriram e fecharam, embaçados pelas lágrimas que teimavam em inundar meus olhos.

Onde estavam os super-heróis da minha infância e adolescência que sempre defendiam os fracos e oprimidos? Onde estava meu superpoder para apagar a fuça feia do Ulisses da minha vida?

Com o rabo entre as pernas, fui para a casa dos meus pais, porque queria sentir o cheiro da minha infância.

Quando eu era pequeno, meus pais eram invencíveis — e continuavam assim nos almoços de domingo e em todas as vezes que a vida me derrubava. Foi na casa dos meus pais que curti a dor de cotovelo da perda da Letícia e seria lá que começaria a me recuperar da traição do Ulisses.

Girei a chave na fechadura. Suspirei fundo, me afogando no aroma do alho que minha mãe dourava. Olhei para o teto e pisquei repetidas vezes, tentando segurar o choro. Larguei minhas coisas no chão, como eu nunca fazia, e fui até a cozinha. Abracei minha mãe por alguns segundos a mais e me perdi no cheiro de segurança do colarinho do meu pai.

Na sala de televisão, encontrei Mateus. Seu corpo pendia para a direita e para a esquerda, acompanhando as curvas do circuito do Mario Kart. Naquele momento, eu tinha certeza de que, para ele, a vida era uma sequência de aventuras e pessoas incríveis, o que me deu uma inveja triste.

Desabei ao lado dele, cutuquei-o com o cotovelo e esperei para entrar no jogo. Com meus doze anos, o que eu mais queria era fazer dezoito.

Até aquele dia.

Até aquele momento.

Naquele sofá, jogando videogame para não chorar, o que eu mais queria era voltar a ter a idade do Mateus. Ir para a escola. Não ter que lavar roupas. Não pensar nos meus boletos. Dormir e acordar sem me preocupar com o jeito como meus amigos me viam como descartáveis.

Como lixo.

Desde que eu havia ido morar sozinho, três anos antes, jogar videogame na sala com o Mateus enquanto meus pais cozinhavam era o que me mantinha centrado. No meu apartamento, eu tinha liberdade total, o que acabaria fazendo com que eu desabasse na cama abraçado a uma garrafa de vinho e passasse dias xingando o Ulisses.

Pelo amor ao meu fígado, era melhor ficar na casa dos meus pais.

— E o que vão fazer com a tua inscrição para Cannes? — disse meu pai e colocou um pedaço de lasanha de frango no prato. — Dan... Não tenho palavras para dizer como tô triste por você. Era teu sonho. Pior. — Levou uma garfada à boca e continuou enquanto mastigava: — Não consigo entender como o Ulisses fez isso contigo. Era teu sonho. Ele era teu amigo. Aquele falso veio aqui em casa tantas vezes!

— Devem cancelar a inscrição e pedir o dinheiro de volta, sei lá. — Fiquei brincando com o frango desfiado, sem fome. Sem vontade de viver, para dizer a verdade. — De repente, o Menelli deve usar da influência dele para conseguir reaver a grana... — Parei por um instante e reparei que estava tremendo de nervoso. — Acho que eles vão querer diminuir o prejuízo.

— Não se preocupe com isso agora, meu amor — interveio minha mãe, com doçura. — Isso aí é burocracia e não tem nada a ver com o teu momento. Você tem que pensar em você. Ficar triste, gritar, Dan. — Ela beijou minha testa e me puxou em sua direção com um abraço. — Não fique dando uma de durão.

— Eu sei... — sussurrei.

Encostado no ombro dela, respirando seu perfume misturado com o cheiro de alho, tive a impressão de que tudo ficaria bem. Um dia.

— Por isso vim pra cá, mãe. Precisava de colo.

— Ah, filho, nem sei o que te dizer — emendou meu pai e esticou a mão pela mesa para tocar a minha. —Tem gente que é... Quando eu era moleque, perdi uma amizade por conta de uma suspensão. — Ele riu. — Desculpa, filho, sei que você tá triste, mas foi engraçado.

— Olha, pai, minha vida por uma piada. Na boa. — Sorri, desanimado. — Conta.

— Eu e outro guri tivemos a brilhante ideia de disparar o alarme de incêndio da escola para ver o que acontecia, sabe? Foi aquela coisa. Água pra todo lado, a criançada correndo e gritando, os bombeiros chegando, um inferno. — Ele riu. — Nisso, fui pego, mas meu amigo, não. — Ele ergueu os ombros, colocou um tomate-cereja na boca e continuou: — Fui parar na sala do diretor, meus pais foram chamados, eu tomei suspensão... Foi uma tragédia, mas claro que... — Ele estufou o peito e bateu uma continência. — Mantive a honra e não entreguei os companheiros. Só que meu amigo passou a me ignorar. Depois de um tempo, fiquei sabendo que os pais dele tinham pedido para ele se afastar de mim. E foi o que ele fez. Sem dó nem piedade. Sem explicação nenhuma. Sem pedir desculpas. — Ele me olhou e sorriu. — Perdi meu melhor amigo por uma besteira. Tive que curtir meu luto pra poder superar. Você também vai ter que fazer isso.

Terminei de jantar e me arrastei de volta para o sofá, querendo que o mundo tivesse pena de mim. A história do meu pai pelo menos era engraçada; a minha era o fundo do poço, o final da linha, *game over*. Ainda assim, se meu pai tinha sobrevivido, talvez houvesse uma chance para mim também.

Uma vida extra, talvez, como nos jogos.

Minha mãe atravessou a sala com as coisas que eu havia largado do lado da porta, o que interrompeu meu mimimi.

— Nem vem — disse ela, voltando do meu quarto de infância e passando a mão no meu cabelo. — Vai passar o final de semana aqui, sim, e não adianta reclamar. Parece que não me conhece.

Senti meus olhos arderem, porque eu queria voltar a ser filho, queria ser cuidado, precisava de atenção.

Como a Olívia não tinha atendido nas duas vezes que tentei, deixei para contar os detalhes da minha tragédia depois. Muito maduro e sem qualquer crise de ciúme ou insegurança, mandei uma mensagem com o básico do básico: *fui despedido*.

A quem eu queria enganar? Afundei meu rosto nas almofadas e bati a cabeça nelas repetidamente. É lógico que o colo da minha mãe era ótimo e seria um santo remédio, mas eu queria era poder desabafar com a Olívia. Éramos confidentes havia tanto tempo, que era a alternativa natural... quero dizer, seria a alternativa natural, se ela estivesse disponível.

Mas não estava.

A ÚNICA COISA QUE EU PRECISAVA ERA QUE VOCÊ OLHASSE NOS MEUS OLHOS E ME ENTENDESSE.

"OPEN YOUR EYES", SNOW PATROL

7

Mesmo carente e precisando muito me ouvir contar a história toda novamente para ter certeza de que eu não estava louco, conversei muito pouco com a Olívia sobre a demissão e guardei os detalhes para o nosso próximo encontro. Se ela usava meu ouvido de penico para falar do Thomas toda santa vez que nos encontrávamos, por que eu não podia fazer o mesmo?

Durante o fim de semana, minha mente oscilou entre a calmaria e o desejo de destruição: ou eu estava no sofá, largado como uma pecinha de Lego esquecida pela casa, ou andava de um lado para o outro, querendo atirar as coisas na parede.

Sei lá, eu tinha um treco entalado na garganta que quase me fazia acreditar que destruir a minha coleção de miniaturas rebobinaria o tempo o suficiente para eu não escolher uma carreira no egocêntrico meio publicitário.

Eu queria o superpoder de consertar os erros do passado para poder abrir os olhos novamente e perceber que tudo havia mudado.

Paramos em um bar que ficava a duas quadras do meu apartamento, porque, se tinha uma coisa em que eu e Olívia concordávamos era que não existia nada melhor para fossa do que um ombro amigo e algumas canecas de cerveja. Fora que vomitar toda a história para ela seria deixar o balde de água fria me molhar por inteiro e fazer a história finalmente tomar contornos reais.

— Ele deu algum tipo de abertura para você se explicar? — perguntou Olívia, e apertou o botão de desbloqueio do celular, checou a tela e voltou a me encarar. — Ou acreditou no Ulisses, assim, sem mais nem menos?

— Ah, sem mais nem menos, não, né? — Bufei, me sentindo profundamente traído e trocado por aquele maldito iPhone. — Tinha as fotos. Ele ficou nervoso, veio com um blá-blá-blá de que teria me dado a luminária, mas eu estava em choque.

Procurei a garçonete com os olhos e pedi nossas cervejas. Olívia, por sua vez, continuava distante, mal percebendo que eu estava passando por um dos piores momentos da minha vida. Paciência. Por mais que doesse, eu não era o centro do universo.

— Nem consegui me defender, Olívia. — Tentei usar meu poder da mente para explodir o celular que estava na mão dela. — Eu tinha acabado de descobrir que o meu melhor amigo era um filho da puta que tinha falsificado provas pra salvar a própria pele.

— Tá, mas... E se tiver mais alguém? — ela perguntou, sem tirar os olhos do celular. — E se houver um cúmplice?

— Obrigado — disse, sem virar o rosto, para a moça de cabelos loiros que trouxe nossas canecas de meio litro. — Nem fodendo. O Ulisses? Um cúmplice? — Quase engasguei com o primeiro gole do meu chopp. — Ele é burro demais pra isso, mas olha, eu bem que me sentiria em um filme de Hollywood... *Missão impossível*... — Ajeitei os cabelos e dei um sorriso canastrão. — Você acha que levo jeito pra Tom Cruise?

— Dan... — Ela balançou a cabeça, tomou um gole de chopp e bateu a mão na mesa. — Você tem que nascer pelo menos mais umas duas vezes para começar a parecer com o Tom Cruise.

— Porra! — Sorri, recolhendo os pedaços do meu orgulho. — Tô tão ruim na fita assim?

— Tô brincando, besta. — Ela bateu no meu ombro. — Falando sério agora. Você não gostaria de saber quem te apunhalou pelas costas para evitar sacanagens futuras?

— O Ulisses era o único amigo de verdade que eu tinha lá. Bem, amigo de verdade, não. Amigo da onça. Foi ele.

— Como você tem tanta certeza?

— Ah... Ele mesmo confessou. Antes de eu ir embora, ele me disse que sentia muito, mas que era a única saída.

— Ele o quê? — repetiu, indignada. Colocou a mão sobre o celular, que havia acabado de vibrar. — Não tô acreditando.

— Nem eu. — Suspirei, desanimado, refazendo a cena na minha cabeça. — Cara, foi surreal. Acredita que eu fiquei procurando as câmeras, achando que estava em algum *reality show*?

Olívia gargalhou. Queria ter parado o mundo naquela risada para me perder entre o espaço da felicidade dela e da minha e balançar num eterno vai e vem. Definitivamente, muito melhor *com* a guria.

— Sabe o que eu acho, Olívia? Que foi a única maneira que ele encontrou para salvar a carreira depois do fracasso da última campanha.

— Salvar a carreira dele e arruinar a sua? O ex-melhor amigo dele? Me poupe! Você precisa aprender a ser menos bonzinho. — Bebeu um gole de chopp, jogou um amendoim para dentro da boca e falou, mastigando e olhando para o teto: — Se você não aprender a dizer *não* para as pessoas deixarem de montar nas suas costas, essa não vai ser a única vez que vão puxar seu tapete. — Ela me pegou pelo queixo, e eu quase derreti. — Olha pra mim! Faz o que eu digo, não faz o que eu faço.

Ela arrematou a fala com a mesma piscadinha do primeiro dia, o que foi o bastante para me derrubar. Por mais que sentir que ela realmente se preocupava comigo fosse o que eu precisava para me sentir melhor, aquela piscadinha foi a cereja do bolo.

— Pff. Quer saber? Tanto faz. Meu emprego já era. Cannes também já era.

Admitir minha estadia no fundo do poço foi muito difícil, porque Cannes era o prêmio mais importante do mundo da publicidade, e ele tinha escapado por entre meus dedos. Na prática, o Leão de Ouro seria só mais um troféu na prateleira do Menelli e apenas um asterisco — ainda que dourado — no meu breve currículo, mas, em termos de carreira, ele me garantiria estabilidade, um lugar ao sol e todas as certezas que o Pedro e o Thomas ofereciam à Olívia, coisa que eu, com meu emprego de PJ e uma mesa em sala comunitária não tinha.

— Ah, Dan, também não é assim. Para de drama. Cannes tem todo ano. Se não for dessa vez, vai ser da próxima ou da próxima. O importante é não desistir — ela disse e sorriu quase como uma dublê de *coach*. Só faltava ela pedir para eu mudar o meu *mindset* e trabalhar enquanto eles dormissem. — Nenhum moleque idiota pode roubar do meu melhor amigo o destino de ser um vencedor de Cannes. Bora. Para de choramingar e vai dar a volta por cima. — Ela se levantou, me deu um abraço e depois voltou para sua cadeira. — Amigo meu não fica chorando pitanga, não.

Amigo.

Eu havia sido batizado oficialmente como Daniel *Friendzone* Carboni.

Fiquei emburrado. Queria que o Ulisses, a Trave, Cannes e todos os ficantes da Olívia se explodissem. Eu tinha sido traído e, para piorar, ainda tinha tomado um *melhor amigo* no meio da testa, de graça. Será que eu merecia? Será que eu não servia para namorado?

— Olha, vamos mudar de assunto. Não aguento mais falar disso. — Suspirei e soltei meu tsunami de crueldade: — E aí? Já pediu o Tom, aquele unzinho lá, em casamento? — Errei o nome dele de propósito e arrematei com um sorriso debochado, porque tinha certeza de que ela ficaria brava. — Quando vou receber o convite?

— Desgraçado! — ela falou um pouco mais séria do que eu esperava. — É Thomas, como você sabe muito bem. Aliás, eu nem quero casar com ele, ok?

— Mas deveria.

— Daniel, olha só. Já passou pela tua cabeça que talvez *eu* não queira? — Ela me encarou, depois olhou para o celular novamente. — Uma mulher tem que *necessariamente* querer um relacionamento sério *o tempo todo*? Socorro.

Dentro de mim, uma coisa tremeu, porque estávamos entrando no território proibido nas nossas conversas: nós mesmos. Além disso, estávamos naquele estágio pré-bebedeira em que errar a mão no sarcasmo era uma receita para o desastre.

Sem noção do perigo, resolvi cutucar:

— Você pode até continuar mentindo para si mesma. Não é problema meu. — Dei de ombros, tomei um gole de cerveja e peguei um amendoim na mão como se fosse um amuleto de poder. — Agora, pensa nas conversas que tivemos nas últimas três semanas, pelo menos. Você continua com as mesmas dúvidas. Primeiro, fica dizendo que quer liberdade e que não quer que o cara se prenda a você. Depois, fica reclamando porque o fulano some... Aí, fica aérea, olhando no celular toda hora para ver se ele deu sinal de vida. O que esse cara tem? O que tá acontecendo? — perguntei, meio agressivo. — Em dois anos, você nunca ficou tão noiada assim com o celular durante nossos encontros.

Fazia alguns anos que eu não tinha tanta coragem, então foi como tirar um peso das minhas costas, mas meu alívio durou pouco, pois a falta de reação dela me tirou do sério.

— Você não percebe o quanto isso é tóxico? O quanto isso não te faz bem? Olha as nossas últimas conversas. Há pelo menos três semanas, o prato principal é só a porcaria do Thomas e como ele caga pra você. — Engoli o resto da minha cerveja, que estava meio quente e pedi outra para a garçonete. — Não sei se você reparou, mas você nunca mais perguntou sobre mim de verdade. Se eu não tivesse sido despedido... — Suspirei, bati os dedos sobre a mesa e procurei os olhos dela, mas Olívia estava encarando o celular. — Tá vendo? Celular, celular, celular. Eu, minha família, tua família, teu trabalho, tudo deixou de existir por causa do bosta do Thomas e desse celular de merda.

Quando percebi, já tinha saído.

Olívia permaneceu calada. Depois, respirou fundo e fechou os olhos por breves segundos que pareceram uma eternidade. Suas pálpebras, que tinham se tornado muralhas intransponíveis, se abriram para revelar lágrimas e um ódio inédito.

Ela apertou o botão lateral do celular e conferiu a tela.

— Pois bem, ó *pobre coitado injustiçado pela vida*... Quer saber? Lá vai. Minha mãe tá com uma suspeita de câncer há um mês — disse, aumentando o tom de voz para me fazer sentir menor do que um daqueles amendoins com que eu brincava há pouco. — Não disse nada para *vossa majestade* porque eu nem tinha conseguido digerir essa merda de possibilidade ainda. Daniel, sei que você ainda tem seus pais e que a morte não é uma coisa tão ameaçadora na sua vida, mas minha mãe pode estar indo embora pouco tempo depois do meu pai. — Ela me encarou com dureza, de um jeito estranho, com as sobrancelhas franzidas, como se eu fosse um inimigo, um ser desprezível. Será que eu era mesmo? — Só que, para o *magnífico* Daniel Carboni, o *injustiçado de Cannes*, a porcaria da minha vida só gira em torno de *homem* e do que *você* acha que é melhor para *mim*. Isso cansa, sabia?

Ela bateu a palma da mão esquerda na mesa, pegou a bolsa que estava pendurada no encosto da cadeira, levantou-se e me olhou por um breve momento.

— Olha, se você quer saber a bem da verdade, eu não preciso de uma amizade assim. — Colocou o dedo na alça da bolsa, pegou minha cerveja, tomou um gole e arrematou: — Será que você é meu amigo mesmo? Será que você sabe quem eu sou? Aliás, será que te interessa? Não. — Tomou outro gole. — Já que tô vomitando verdades, bora: quem é você? Será que você se resume a esse cara que desconversa as coisas importantes, finge que não tem vida amorosa e só fala mal dos meus namorados? — Colocou o copo de volta sobre a mesa, a mão no meu ombro e me deu um sorriso sem graça, que me pareceu coberto de nojo. — Se for, sinceramente, tô cansada. Não preciso disso. Tchau.

Ouvi seus passos em direção à saída.

Ao meu redor, as paredes desabaram.

Embaixo dos meus pés, o piso se abriu.

Como o poço podia ser ainda mais fundo do que eu pensava?

COMO VOCÊ PODE DIZER QUE ESTAVA TUDO ACABADO SE PERMANECIA EXISTINDO DENTRO DE MIM?

"IT'S OVER", ROD STEWART

8

No meu apartamento, tudo estava cinza.

    O abajur da cômoda iluminava meu quarto com um tom triste, que inundava meus olhos e transformava os móveis em assombrações: a cama era estranha, o colchão havia endurecido, o teto parecia descer um centímetro por segundo.

    O mundo estava prestes a me esmagar.

    Arrastei minha desesperança para o banheiro. No espelho, meu rosto havia envelhecido quinze, vinte anos em três dias. As olheiras e as linhas de expressão doíam no meu corpo todo, porque me explicavam que as pessoas podiam mudar em um simples estalar de dedos.

    Pior.

    Elas escreviam, na minha cara, que eu era descartável.

    Olívia e Ulisses haviam, basicamente, me jogado no lixo.

    Sem dó.

    Meu corpo, meio sonâmbulo meio abandonado, rastejou até a cozinha, despedaçando-se pelo caminho. Na minha garganta, a água gelada não descia, desafiando a gravidade. Era como se meu coração tivesse resolvido morar na minha traqueia: um pedaço de pedra triste atrapalhando minha vida, envenenando tudo dali pra baixo.

    Largado na minha cama, observando o nada brotar no teto, voltei a pensar em Olívia. Era culpa minha, claro que era. Nos últimos tempos, minha vontade de vê-la solteira acabou se sobrepondo a qualquer pensamento sobre a felicidade dela. Em outras palavras: eu a queria livre para embarcar comigo em um avião para o outro lado do mundo, mas eu nunca tive a curiosidade de perguntar se ela estava procurando um relacionamento sério. Como eu tinha conseguido ser tão cego? Na minha ilusão romântica, eu era a solução para tudo, e o futuro que eu queria para mim era o ideal para ela também.

Em outras palavras, eu havia encarnado o macho palestrinha e tocado o foda-se.

E ainda tinha Ulisses. Como entender o que aquele filho da puta tinha feito comigo? Eu nunca havia feito nada para que ele agisse daquela forma. Será que, se eu tivesse prestado um pouco mais de atenção nele, as coisas não teriam terminado daquele jeito?

Eu não conseguia sair desse redemoinho de perguntas sem respostas e, nos meus devaneios, via claramente Olívia de mãos dadas com Ulisses, ambos me empurrando para um lugar ainda mais profundo, ainda mais escuro, ainda mais solitário.

De onde eu estava, o poço parecia não ter fundo.

Eu só esperava sobreviver.

EU SÓ QUERIA PODER OUVIR SUA VOZ MAIS UMA VEZ DIZENDO QUE ESTÁ TUDO BEM. MESMO QUE NÃO ESTEJA.

"ALL I WANT", KODALINE

9

Revoltei-me contra o tempo. Com o pouco de ânimo que juntei, desconectei o despertador da tomada. A bateria do celular acabou sozinha, e assim ficou, porque me recusei a esticar a mão para ligar o carregador. Era mais simples, trazia menos dor.

Sobre a minha cama, mas, mentalmente, dentro de um poço que não tinha fundo, eu olhava para o teto. Na minha briga contra o tempo, tinha fechado todas janelas e as cortinas, então meus dias, minhas noites e meus períodos de sono se misturavam.

A solidez da realidade havia sido substituída por uma substância mole e gelatinosa que cobria tudo ao meu redor com a essência da depressão.

Largado no meu quarto e soterrado por essa gosma, eu me via como um buraco negro que sugava toda a matéria do universo e deixava tudo escuro, triste e vazio.

Minha mão era podre e destruía tudo que eu tocava.

De olhos fechados, eu me recusava a existir. Prendia a respiração e esperava pela misericórdia das minhas células, que parariam de funcionar, mas meus pulmões se enchiam novamente, em uma inspiração ruidosa e violenta, contrariada, imposta por meu corpo, que havia aprendido que deveria manter-se vivo.

Minha garganta e minhas pálpebras estavam secas, e minha cabeça me dizia que eu estava de ressaca, apesar de não ter colocado uma gota de álcool na boca.

Com o pouco de força que arrumei, juntei meus cacos e fui ao banheiro. Na frente do espelho, o espetáculo que assisti no meu rosto foi de terror.

Eu estava sujo. Minha barba havia crescido pela minha cara amassada, ressaltando o inchaço nos olhos e a profundidade das linhas de expressão, cavadas cuidadosamente pela minha falta de ânimo.

Abri a torneira para lavar o rosto, mas a água fria me convenceu de que era esforço demais.

Eu queria sofrer.

Precisava rolar na lama do fundo do poço até começar a me achar capaz de sair de lá sozinho.

Abri a geladeira e enchi um copo de Coca-Cola. O primeiro gole desceu rasgando, cada bolha de gás tentando me trazer de volta à vida. Nem fiz questão de esquentar a pizza do dia anterior — que havia se tornado a única coisa que eu empurrava para o meu estômago.

Tortura mental era muito pouco. Meu corpo precisava sofrer comigo, então viver de iFood foi a forma de punição que encontrei para me isolar. Para que encarar o mundo, se da porta pra fora estavam os escombros de uma realidade com a qual eu ainda não estava preparado para lidar?

Munido de refrigerante e comida bem gorda, sentei no sofá. Meus olhos percorreram a sala, coberta pelos restos da minha vida anterior e da minha preguiça atual, em busca de um carregador. Encontrei a ponta metálica embaixo de uma caixa de comida chinesa.

Em alguns segundos, meu aparelho voltou à vida. Selecionei minha *playlist* de fossa. Procurei a galeria de fotos com meus dedos engordurados, pois tinha que deixar aquelas imagens tão sujas quanto eu me sentia.

As artes das campanhas que Ulisses e eu havíamos feito juntos começaram a passar pela tela. No meu corpo, elas se fizeram com que o ácido do estômago começasse a circular por minhas veias para cutucar os pontos que me fariam sentir ainda pior.

No tribunal de crimes contra a humanidade da minha cabeça, primeiro, vinha o advogado de defesa, que me apresentava como um coitado e culpava o cosmos pelas coisas terem dado errado.

Depois, era a vez do advogado de acusação, que jogava na minha cara que eu tinha feito com Ulisses e com Olívia exatamente a mesma coisa e, se eu havia perdido meus dois melhores amigos em uma questão de dias, tinha que ser culpa minha.

Voltei a me concentrar nas fotos. Eu e Ulisses em um churrasco na casa dele. Nós na faculdade. Ele em seu primeiro dia na Trave. Ele com a Cássia, a atual namorada. Eu com o Mike Tyson, o gato siamês da mãe dele.

Depois foi a vez das fotos com Olívia. Selfies de nós dois, felizes em restaurantes e bares, cada um com um copo na mão. Ela, de bico, porque o *penne al pesto* estava um lixo. Eu, com a blusa suja de shoyu, tentando fazer um miojo *gourmet*. Nós dois, bêbados, com os olhos praticamente fechados, no dia em que nos conhecemos.

Não tinha jeito. Eu teria que procurar alguma coisa para me fazer sentir melhor, porque não podia continuar afundando. Por mais que tivesse certeza de ser uma pessoa horrível, eu precisava tentar sobreviver.

Reviver.

Larguei o copo e o prato de pizza sobre a mesinha de centro, porque combinavam com a decoração de embalagens de *fast food*.

Lavei o rosto, coloquei uma roupa qualquer e peguei a carteira. Quando coloquei a mão na maçaneta, meu corpo congelou.

Por dias, procurei esquecer que a porta de entrada do meu apartamento existia. Ia até lá só para pegar as entregas dos restaurantes e, mesmo assim, sempre ficava de costas para o armário para não dar de cara com a cena do crime e fazer a traição doer mais.

Olhei para o assoalho. Ao lado do armário, os pés da luminária haviam deixado arranhões bem visíveis no piso de madeira. Ela não era enorme, mas era pesada, e aquelas marcas eram a prova do crime, eram a faca entrando nas minhas costas novamente.

Tranquei a porta com vontade de me mudar ou comprar um tapete para cobrir aquela merda.

Na rua, a vida pulsava nas cores dos luminosos de neon, mas meus olhos teimavam em apagá-los e pintá-los de cinza.

Coloquei meus fones de ouvido para me isolar, pois qualquer possibilidade de felicidade me ofendia.

Entrei na drogaria mais próxima. Joguei na cestinha um sal de frutas genérico e uma cartela de aspirinas, enfiei o cartão de crédito na maquininha antes que o caixa pudesse abrir a boca e saí sem pegar a minha via ou agradecer.

Na rua, sem forças para voltar para casa ou pular da ponte, deixei o vento bater no meu rosto e olhei ao redor. Minha solidão se expandia de uma maneira tão descomunal, que contaminava as coisas ao meu redor e me mostrava detalhes que eu nunca tinha visto antes.

Os halos das luzes da cidade eram maiores e mais amarelos do eu me lembrava. O cheiro de óleo de gergelim queimado que vinha do restaurante chinês me castigava com a certeza de que o yakisoba também era temperado com amor.

A revoada dos últimos passarinhos do dia passou líquida pelo céu. Aproximei-me, pois era a primeira vez que admitia ver beleza em algo em muitos dias. Sua dança entre as árvores levou meus olhos à porta da igreja, que ainda estava aberta.

Sentado nos bancos do fundo, tirei meus fones de ouvido e permaneci até o fim ouvindo o padre, que rezava a missa. No corredor central, os ladrilhos eram brancos e pretos como o meu presente: uma alternância de luz e trevas.

Mas onde estava a luz?

Deixei meus olhos descansarem nos rostos dos santos nos vitrais, mas o ruído vindo do confessionário chegou até mim quase como um sinal, chamando minha atenção e me atraindo para lá.

A luz interna do móvel estava acesa, então me ajoelhei sem pensar duas vezes.

— Em nome do Pai, do Filho e do Espírito Santo. Que o Senhor esteja em teus lábios e em teu coração para que, arrependido, possas confessar teus pecados.

Fiz o sinal da cruz. O anonimato da tela de madeira me deu coragem para vomitar meu coração: Olívia, Ulisses, Trave, futuro. Falei e chorei, procurando entender a raiz do meu egoísmo.

— Filho, lembre-se de que as trevas sempre vão existir e que sempre vão se dissipar com a luz — o padre se manifestou quando meus soluços pararam. — Você precisa aceitar tuas perdas. Tente recomeçar a vida reconstruindo o que foi quebrado. Isso também vai colar os pedaços do teu coração.

— Obrigado, padre.

— Como penitência, tente resgatar em ti um pilar de sustentação que ficou perdido no passado. Talvez restabelecer contato com alguém especial? Vai te fazer bem. Pode rezar o ato de contrição.

Depois da absolvição, saí da igreja com um mínimo de esperança. O conselho do padre fazia todo o sentido, pois eu tinha mesmo que falar com alguém especial.

Tinha que correr para os braços da minha prima Monika.

APENAS LEMBRE-SE DE QUE VOCÊ
NÃO ESTÁ SOZINHO NO MUNDO.
ISSO VAI TE SALVAR.

"HOME", PHILLIP PHILLIPS

10

Eu estava decidido a não voltar mais para o fundo do poço e, se queria me sentir melhor, tinha que começar com o tratamento de choque: limpar a casa, arrumar a bagunça e tomar um belo banho demorado.

Mexer nos escombros do meu drama me trouxe um gosto ruim à boca, porque era assumir que não dava para voltar atrás. Se deixasse tudo como estava, ainda teria a esperança besta de que Ulisses assumiria seu erro, de que Menelli me recontrataria e de que Olívia me ligaria para dizer que me perdoava e que sua mãe não estava doente.

Larguei as coisas no meio. Não conseguiria lidar com elas ainda, então fiz o mais fácil: tomei um banho e entrei no carro, porque minha prima Monika jogava a verdade na minha cara de uma forma muito menos dolorosa do que a vida.

A casa dela era uma viagem às lembranças agridoces da minha adolescência. Perdi as contas de quantas vezes seus conselhos me jogaram no fundo do poço, mas também era no colo dela que eu começava a me curar.

— Mas, Dan, tudo isso aconteceu na tua vida, e você demorou todo esse tempo pra vir aqui? — disse, colocando espaguete à bolonhesa no meu prato. — Vai, agora afoga esse macarrão no queijo ralado, porque comida gorda ajuda a sair da *bad*, meu amor.

— Nem me fala em comida gorda. — Suspirei, enrolando o macarrão no garfo. — Desculpa não ter falado nada nem pedido ajuda. Acho que eu precisava passar um tempo sozinho, remoendo, sabe?

— Mas também não precisava se castigar tanto. Olha essas olheiras! — Segurou meu rosto pelo queixo e balançou a cabeça de um jeito que lembrava minha mãe. — Dan, você tem que me escutar com mais frequência. Quantas vezes te disse que as amizades são testadas no fogo? — Apontou o garfo na minha direção. — No fogo, entendeu?

— Eu sei. — Engoli um monte de macarrão para tentar fazer meu coração não pular pela boca. — O problema é que eu achei que o Ulisses e eu já tivéssemos passado por esse processo.

— Mas é claro que não, Dan. Vocês nunca passaram por grandes problemas juntos, nunca brigaram! E tem outra. Pelo que você me contava, esse teu amigo Ulisses nem se abria com você. Ele tretava com a mãe dele, ia pra tua casa, mas nunca falava exatamente qual era o problema. Vai que ele sempre foi do mal... — Ela me encarou, mastigando, depois levantou as sobrancelhas e ergueu os ombros. — Na verdade, ele te provou, na primeira dificuldade, que ele era um grande mau-caráter.

— O mais engraçado foi que eu passei dias tentando ajudar ele... — Larguei o garfo e apoiei o cotovelo na mesa e a cabeça na mão, desanimado. — Queimei uns bons neurônios pensando em como recuperar a campanha dele. Como eu fui imbecil. Te juro que achava que a gente formava uma boa dupla.

— Ai, Dan, para de drama, vai? — Ela se levantou, foi até a cozinha e trouxe um bolo de cenoura com cobertura de chocolate. — É claro que você é mais ingênuo que os outros, mas é porque você é bom, primo. — Cortou um pedaço, colocou no prato e empurrou na minha direção. — Vai, come. Vai te animar.

— Acho que teu almoço e tuas porradas são as únicas coisas que me animariam hoje. — O bolo desceu macio pela minha garganta. — Mas tenho certeza de que esse é o problema. Confio demais, ajudo demais.

— Ah, não enche, Dan. Já disse pra parar de drama. — Ela riu e deu um tapa de leve na minha cabeça. — Você não fez nada de errado. Só precisa tomar mais cuidado e entender que existe uma linha tênue que separa ser legal de se deixar fazer de idiota.

— É, acho que você tá certa...

— Claro que eu tô, mocinho. — Ela bagunçou meu cabelo e me olhou com uma cara muito séria. — Daniel, não sei se você reparou, mas desde que terminou com a Letícia, você virou uma máquina de agradar todo mundo. Não sabe mais dizer "não".

— Mas eu fazia isso de coração, Monika. Sério. Não era por maldade.

— Aí que você se engana, bonito. Relacionamentos são vias de mão dupla. Não é só você que tem que batalhar. Aliás... — Ela levou o dedo até o prato do bolo, raspou a cobertura e lambeu. — Foi a mesma coisa com a Olívia, só que ao contrário.

— Ao contrário? Do que você tá falando?

— Pelo que você me contou, você meio que se impôs no relacionamento e mal levou consideração as necessidades dela ou quem ela era. — Monika cruzou os braços sobre a mesa e se inclinou na minha direção. — Na tua cabeça, perder a Letícia foi culpa tua, então você tinha que fazer de tudo para não perder mais ninguém. Assim, você fez tudo para agradar o Ulisses. Agora, com a Olívia você queria mais. Como manter a amizade e, ao mesmo tempo, tentar alguma coisa com ela? Fácil. Estando disponível e se interessando por tudo a respeito dela, mas só para se apresentar como a solução para todos os problemas dela. Bem egoísta até.

Olhei para o teto, tentando encontrar palavras para justificar meu comportamento, mas ela estava certa. Como sempre. Era por isto que eu evitava ir à casa da minha prima: ela esfregava a minha cara no asfalto com um sorriso.

— É... Pensando por esse lado, acho que você tá certa. Eu queria que ela me visse como um cara legal, ainda mais depois da primeira noite, da qual não me lembro até hoje. Talvez... — Levei as mãos à cabeça, cocei o couro cabeludo e baguncei o cabelo. — Talvez, não. É isso mesmo. — Ri de nervoso. — Onde você arrumou essa bola de cristal, Monika?

— Bola de cristal, não, meu amor. Experiência. — Ela riu e colocou as mãos sobre as minhas. — E com relação ao câncer da mãe dela, tudo bem que tua reação foi meio exagerada, digo, ficar com ciúme do celular, mas você não tinha como saber.

— Eu sei... — Empilhei nossos pratos e levei até a pia. — Mas isso não muda o fato de que eu estava me intrometendo. Ela era minha amiga, só.

— Ah, Dan... — Ela mexeu no meu cabelo e abriu a torneira para deixar a louça de molho. — Esse tipo de coisa a gente só aprende com o tempo.

— Um tempo que parece que não passa nunca mais. — Coloquei os talheres dentro de um copo com água e, por um segundo, quis me afogar ali dentro. — Parece que tô preso no mesmo dia desde o lance da Trave. Não consigo sair daquele ponto!

— Não viaja, Daniel. — Ela fechou a torneira e encostou-se no balcão, olhando para mim. — Se você conseguiu vir até aqui hoje, quer dizer que já tá saindo do fundo do teu poço, bebê. Não vem com drama pra cima de mim, que eu te conheço há ó... — Estalou os dedos repetidamente e riu. — Olha, não é porque você perdeu a Letícia, que tem que ficar tentando cercar todo mundo de cuidados ou sabotando a vida dos outros para que eles te achem necessário, sabe... Insubstituível.

Ela terminou de arrumar a louça na pia e me olhou por alguns segundos. Depois, abriu um sorriso misterioso, foi até a sala e sentou-se no sofá vermelho do canto.

Olhei para o chão procurando um buraco onde me enfiar e fui para a sala também. Deitei no tapete peludo e macio e abracei a almofada verde para ver se minha vontade de pular da janela passava.

— Tá, mas o que eu tenho que fazer? Como eu posso começar de novo?

Enrolei as franjas do tapete para lá e para cá, para lá e para cá, tentando esquecer da vida um pouco, até que fui atingido na cabeça por uma almofada roxa.

— Afe!

— Daniel, não fica viajando aí. Volta pra Terra — Monika disse e segurou a almofada que eu havia jogado de volta. — Você tem que fazer o óbvio. Falar com o Ulisses, falar com a Olívia. Não adianta ficar aí na punhetação existencial.

— Não sei se tenho cara pra enfrentar nenhum dos dois no momento.

— Tem que ter. — Ela revirou os olhos, apoiou o cotovelo no encosto do sofá e a cabeça na mão esquerda, virando-se um pouco mais para mim. — Você tem que assumir tua responsabilidade em tudo que aconteceu. Não adianta pensar que sofreu uma injustiça do destino ou sei lá, qualquer outra justificativa besta dessas. Você tem culpa no cartório e tem que segurar o rojão, Dan.

— Eu sei, mas não quero.

— Tem que querer. Com o Ulisses, você tem que brigar, claro. Vocês têm coisas a resolver e, pra ser sincera... — Ela balançou a cabeça e fez uma cara feia. — Nem sei se tem volta, porque o que ele fez com você é muito grave. Ao mesmo tempo, foi você que permitiu que isso tudo acontecesse. Paciência. Se não tivesse dado a chave da tua casa pra ele, não estava passando por isso agora...

— Mas, Monika, como é que eu podia prever que ia dar essa treta? — Afoguei minha cabeça na almofada e gritei baixinho. Olhei para ela e disse: — Ele me parecia tão honesto...

— Eu sei, primo. Na maioria das vezes, a gente nunca conhece realmente as pessoas. Fica aí uma lição pra você. — Ela dobrou as pernas, colocou-as sobre o sofá e me encarou com o olhar da minha mãe. — Agora... Com a Olívia... Com a Olívia você tem que ser sincero, mesmo que a chance de vocês terem qualquer coisa seja minúscula. Afinal de contas, ela gosta de caras mais velhos e, pelo que você me conta, ela meio que te vê como um irmão.

— Infelizmente.

— Infelizmente, nada, Daniel. — Ela riu de um jeito que eu não gostei. — Se você for fazer um mapa mental do relacionamento de vocês, foi você quem se colocou nesse papel.

— Como assim, Monika? — Curioso, levantei e me sentei do lado dela. — Do que você tá falando?

— É óbvio. Como você não se lembra do que aconteceu na noite em que se conheceram, você encarnou o bom moço que queria dar conselhos porque queria se mostrar melhor do que as escolhas dela. Tô errada?

— Pensando bem, acho que não.

— Quantas vezes você foi você mesmo nesse relacionamento? — Ela levantou meu queixo e fez carinho na minha bochecha. — Não fica com essa cara, porque eu te conheço. Sei como você é. Você, no mínimo, virou o cachorrinho dela, não virou?

— Ah... Não sei se é tanto assim.

— Claro que é. — Ela me puxou para perto, me fez deitar a cabeça no colo dela e começou a fazer carinho no meu cabelo. — Daniel, olha só. Eu te conheço. Você passou a fazer as vontades dela por causa da merda daquela noite. — Ela riu. — Não precisa nem me dizer que ela sempre escolhia os restaurantes, os filmes, os bares. Você tinha que compensar de alguma forma por não ter coragem de falar sobre o que *talvez* tenha acontecido entre vocês. Não é?

— Ai, Monika... — Fechei os olhos, querendo desaparecer. — Nem sei como consegui me meter nessa confusão. A real é: eu queria que a Olívia fosse feliz *comigo*, então eu tinha que fazer com que ela me enxergasse.

— Mas é aí que você errou, Dan. — Ela passou a mão nas minhas costas e no meu ombro. — Será que a Olívia te conhece mesmo? Será que ela é amiga do Daniel Carboni ou de alguém que você inventou para conseguir levar essa enrolação adiante?

— Nem sei. — Peguei a mão dela e apertei forte. — Nem sei se quero saber.

— Mas tem que querer, primo, isso se você quiser acertar as coisas e enxergar direito o caminhão que te atropelou. Você tem que conversar com os dois. — Ela me puxou para cima para eu me sentar e procurou meus olhos. — Você tem que enxergar quem o Ulisses é de verdade e se mostrar para a Olívia. De quebra, garanto que você vai enxergar quem ela é também. Aí, vocês podem ver se alguma coisa tem conserto. — Ela colocou a mão no meu ombro e apertou de leve. — Você só vai conseguir dar um jeito nesse caos que tomou conta da tua vida quando resolver o que deve perdoar e pelo que deve pedir perdão.

— Não sei se consigo. Não me sinto capaz...

— Ninguém se sente, Daniel. — Ela sorriu e me abraçou. — Mas todo mundo é.

EU NÃO ESPERAVA QUE VOCÊ ME FERISSE. TALVEZ POR ISSO A DOR TENHA SIDO MAIS PROFUNDA.

"WHO ARE YOU", FIFTH HARMONY

11

Eu estava decidido a resolver as coisas, porque não aguentava mais viver assombrado pela cara do Ulisses me dizendo *era a única saída*.

O que martelava na minha cabeça era o motivo. Roubar a luminária pra quê? Um treco daquele tamanho não era uma caneta Bic, que dá para esconder no bolso. De repente, ele queria a luminária no quarto dele e, para não perder o emprego, jogou a bomba no meu colo.

Da casa da Monika à de Ulisses foram quinze minutos. Estacionei o carro e subi pelo caminho de pedras do quintal da casa dos pais dele.

Como as luzes da sala estavam acesas, toquei a campainha. As primeiras a me atender foram as lembranças das noites em claro que passamos estudando para as provas finais ou jogando videogame, comendo porcarias e bebendo cerveja. Depois, as memórias do pai dele, na churrasqueira, enquanto o Ulisses e a mãe botavam ordem na bagunça que nossa turma da faculdade fazia.

De canto de olho, vi a cortina se mexendo, então toquei a campainha outra vez. Não era possível que todo mundo ia fingir que eu não estava ali. Que ódio.

— Daniel! — disse dona Francisca pelo vão da porta, sem me encarar. — Há quanto tempo!

— Oi, dona Francisca. — Sorri, tentando ser simpático. — Tudo bem com a senhora?

— Claro, claro... — desconversou e se posicionou mais para o lado, como se quisesse encobrir minha visão. — A gente vai indo, né, meu filho?

— O Ulisses tá aí?

— Ah, Daniel, ele não está, não. Tem um tempinho que saiu. Foi pra agência resolver umas coisas de uma campanha lá. — Ela olhou para trás rapidamente, depois voltou a me encarar. — Acho que é mais fácil você conversar com ele amanhã lá na Trave. Ele me disse que não sabia que horas voltava, porque tinha dado algum problema.

— O Ulisses foi pra Trave? No domingo? — Apoiei a mão no batente da porta e abaixei o rosto procurando os olhos dela, que se desviaram dos meus. — Tem certeza? Quando eu trabalhava lá, um dos diferenciais da agência era não fazer com que os funcionários trabalhassem aos domingos, dona Francisca.

— Ah, vai ver que hoje é uma exceção? Ou então ele foi fazer outra coisa, e eu não prestei atenção direito. — As bochechas dela ficaram vermelhas, e ela finalmente me encarou. — Você não trabalha mais na Trave, Daniel? Como assim?

— Ulisses! — gritei ao enxergar o cabelo dele refletido no espelho do hall de entrada. — Não foge, não. Vem aqui falar comigo!

— Daniel... O que tá acontecendo?

Com as mãos trêmulas, ela puxou a porta atrás de si e passou a conversar comigo do lado de fora.

— Não entendi por que o Ulisses pediu pra dizer que ele não estava. Vocês são tão amigos... Por que vocês não resolvem as coisas?

A porta se abriu e Benjamim, o pai dele, saiu e colocou o braço ao redor da esposa.

— Daniel... — ele disse, me encarando fixamente. — Por que vocês não se resolvem? Não é possível que seja algo tão grave assim para o Ulisses ter que se esconder em casa.

— Ah, o Ulisses não contou? — Coloquei as mãos na cintura, olhei para o céu e respirei fundo. — Não disse que eu fui demitido?

— Não... Para nós, era só uma coisa boba... Sei lá — Francisca tentou explicar. — Como ele não disse nada, nem me preocupei.

— Não é nada, não. — Coloquei as mãos nos bolsos e baixei os olhos. — Vou tentar o celular dele de novo. Daqui a pouco a gente se resolve.

Os dois me abraçaram e se despediram. Sorri, como se tudo estivesse bem, mas o abraço que dei neles havia perdido o calor e teve o mesmo efeito que uma longa conversa sobre o tempo com alguém na fila do banco.

Fiquei olhando a casa deles mais uma vez enquanto ligava o carro. Como eu conseguiria voltar ali se as memórias do que tínhamos vivido já estavam desbotando, e o próprio endereço já estava desaparecendo da minha memória?

Apesar disso, no dia seguinte voltei para lá, porque eu não era qualquer cachorro vira-lata para o Ulisses me chutar para o canto daquele jeito.

Estacionei uma quadra antes da casa dele e deixei o rádio bem baixinho. No celular, já eram quase sete da noite, então ele não devia demorar.

Me abaixei um pouco no banco e observei os carros que passavam. Eu estava me achando um pouco ridículo por estar determinado a fazer barraco, mas tinha que resolver as coisas.

Eu queria entender, colocar os acontecimentos em perspectiva, entender os motivos dele e perdoar, mas meu sangue ainda estava fervendo, porque ele se recusava a conversar comigo.

O carro dele virou a esquina às 19h03. Sem pensar duas vezes, desci do carro e me plantei no meio da rua.

Ele que passasse por cima.

Ulisses parou a poucos metros do meu corpo e ficou olhando para mim como se tivesse visto um fantasma. Antes que me aproximasse, ele saiu cantando os pneus.

Fui atrás. Em poucos segundos, meu celular começou a tremer no painel do carro. Olhei para a tela e vi o nome dele. Coloquei no viva-voz, fervendo de raiva.

— Para, cara. Por favor! Me deixa em paz! Me deixa viver a merda da minha vida.

— Viver a merda da sua vida? Você tá louco? Seu desgraçado! — Virei à esquerda, ainda na cola do carro dele. — Você arruinou a merda da minha vida, e eu não posso nem conversar com você? Vai se foder!

— O que você quer? — gritou tão alto, que eu mal consegui entender. — Hein? Fala!

— Eu só queria conversar, seu *idiota*! Só queria dizer que estava tudo bem e eu que te entendia, mas descobri que você é um covarde que não tem coragem nem pra me encarar.

Ulisses estacionou na primeira vaga que encontrou. Larguei o carro no meio da rua, com a porta do meu lado aberta.

— Você tem noção da merda que fez? — Bati no vidro do lado do motorista. — Eu passei noites em claro pensando em como te ajudar na campanha, seu bosta, mas você encontrou a maneira mais imbecil para resolver as coisas, né?

— Desculpa — disse, sem me encarar ou abaixar o vidro.

— Não é desculpa. Desculpa não adianta nada, porque já passamos dessa fase. — Tentei abrir a porta, que estava trancada. — Quero entender por que você fez isso. O que eu fiz pra você?

— Pra mim? — Ele me encarou, mas sem abrir o vidro ou a porta. — Nada. Você não é o centro do universo, Daniel. As coisas nem sempre acontecem por tua causa. As coisas acontecem. Ponto. — Ele me olhou com uma cara de ódio que eu nunca tinha visto antes. — Eu precisava de uma grana. Roubei a luminária porque foi a única coisa que me veio à cabeça. Daí, deu merda. Eu ia rodar. Fazer o quê? Melhor você do que eu.

— *Melhor você do que eu?* Do que você está falando? — Senti meu coração subindo para a boca. Eu queria quebrar a cara dele. — Por quê? Por quê?

— Não tem por quê. Foi. Aconteceu. Só isso. — Baixou os olhos e desceu um pouco o vidro. — Supera que dói menos.

— Supera, o caralho. — Andei de um lado para o outro, puxando meus cabelos. — Você arruinou minha carreira e, pra piorar, estragou também qualquer chance que eu pudesse ter com a Olívia!

— Tua chance com a Olívia? — Ele riu e me olhou de um jeito que parecia dó. — Cara, você nunca teve chance com ela, larga de ser iludido. Você corria atrás dela que nem um cachorrinho e nunca teve coragem de dizer que não se lembrava daquela primeira noite... — Balançou a cabeça negativamente e ergueu os ombros. — Foi ali que você perdeu a guria, cara. Você me chama de covarde, mas covarde é você. A fila anda, moleque.

— Seu desgraçado! — Bati com força no vidro. — Quem você acha que é pra falar assim?

— Não acho que sou ninguém, só alguém que viu esse rolo todo acontecer e tinha certeza de que não ia dar em nada. — Ele me olhou como fazia antes, quando ainda conversávamos sobre nossas vidas. — Só nunca tive coragem de te jogar o balde de água fria porque você era meu amigo. Daniel, quem se colocou na *friendzone* foi você mesmo.

— Vai tomar no teu cu, Ulisses.

— Cara, vai você. Sinceramente. — Ele virou a cabeça um pouco de lado e me olhou com um desprezo que me revirou o estômago. — Numa boa, você é um boyzinho que tem tudo de mão beijada. Família legal, dinheiro dos pais se tudo der merda, menininha bonita pra você correr atrás e pensar que tá abafando, que vai ter algum futuro.

— O quê?

— É isso mesmo. Sempre gostei muito de você, mas não tenho mais paciência. Roubei mesmo, coloquei a culpa em você mesmo... — Ele ergueu os ombros e sorriu. — Mas quer saber? Não tô nem aí. Foda-se. Pelo menos eu me dei bem.

— Mas você sabe que eu tenho como prov...

— Tem nada, Daniel. — Ele riu. — Tem foto? Não. Tem vídeo? Não. Você é tão besta, que não deve nem estar gravando essa conversa, cara.

— Apontou para o meu carro e para o meu celular, que continuava no painel. — Tá vendo? Incompetente. Só dá certo na vida por sorte.

— Puta que pariu, Ulisses! — Chutei a porta do carro dele. — Você é muito pior do que eu pensava. Você é podre.

— Podre, mas empregado. — Ele se levantou um pouco no banco e olhou para o estrago na porta. — Então eu posso pagar o conserto.

— Ulisses... — Respirei fundo uma, duas, três vezes. — O negócio é o seguinte. Não vou continuar discutindo com você, porque não vai dar em nada. Vai viver a tua vida. Se a gente der sorte, nunca mais vai se trombar na rua ou em agências no futuro. — Meus olhos exploraram a obra de arte que meu pé havia produzido na lataria. — Só quero que você se lembre de que eu posso passar na tua casa, na hora que eu quiser, e contar essa merda toda pros teus pais, ou seja, se eu quiser, também posso acabar com a tua vida.

— Quero que você saiba que não foi pessoal. Ou foi. Não sei. — Ele me olhou com os olhos úmidos. — Fiz merda, quis consertar, piorei e agora é isso.

— Sim, é isso mesmo. Você vai se foder muito nessa vida, cara. Muito! E eu vou assistir de camarote. — Aplaudi devagar, andando de um lado para o outro. — Sinceramente? Você não merece que eu gaste um minuto da minha vida tentando te ferrar ou te ajudar.

Entrei no carro, meti o pé no acelerador e saí cantando os pneus. Queria que a presença de Ulisses escorregasse da minha mente para o asfalto e que ficasse lá, junto com o cheiro de borracha queimada que já nem existia mais nas minhas narinas.

Cheguei em casa ainda sem acreditar. Não era possível que o Ulisses fosse mesmo aquele monstro. Ao mesmo tempo, o problema não era *eu* ou *meu*, então não adiantava ficar queimando meus neurônios com os porquês ou ficar debatendo o caráter do meu ex--melhor amigo.

Eu precisava me reerguer. A conversa com Monika tinha me ajudado e o encontro com Ulisses tinha sepultado um problema, mas eu ainda tinha que enfrentar uma legião de feras: os boletos.

Na minha pouca experiência, a única coisa realmente verdadeira na vida era: as contas nunca deixariam de chegar.

Para esquecer um pouco as coisas, fiz o que qualquer pessoa de 23 anos faria: fui até a geladeira, peguei uma cerveja, abri e tomei um gole. Meu estômago se revirou assim que meus olhos leram o slogan da minha campanha na lata.

Joguei no lixo e parti para o uísque, na esperança de que ele queimasse minha garganta e levasse junto meu sentimento de abandono, só que o efeito foi outro. Depois de algumas doses, meu bom senso foi embora do meu corpo, então liguei para a Olívia algumas vezes. Como ela não atendeu, mandei uma mensagem: *Me avise c vcê vr isso. Precis te convrsar com voc.*

Esperei quinze minutos, larguei o telefone na mesinha de centro, peguei mais uma dose e me deitei no sofá.

Eram 20h48.

Ainda.

SE MEU PEITO FOSSE CAPAZ DE PREVER O CAOS EU TERIA FEITO TUDO DIFERENTE. SÓ NÃO SEI SE ISSO SERIA UMA BÊNÇÃO OU UMA CRUZ.

"BIRDY", WINGS

12

Dois dias depois, no meio da tarde, senti meu celular vibrar no bolso direito da calça. Minhas mãos tremeram quando abri a mensagem: *Se puder, venha para o pronto-socorro do hospital universitário. É minha mãe.*

Peguei meu casaco, as chaves e saí. No carro, antes de dar partida, encostei a cabeça no volante e respirei fundo. Meu corpo parecia boiar no espaço que me separava dela, e meu coração, à deriva, não sabia direito o que fazer. A mensagem confirmava que ela ainda confiava em mim, na minha presença, na minha ajuda, mas que palavras eu deveria dizer? Como começar a pedir desculpas, considerando o desastre do nosso último encontro?

Sim, eu seguiria os conselhos da Monika. Ia deixar de ser babaca, ia procurar ser eu mesmo e entender a Olívia, quem ela era e o que ela queria.

Apesar de a diferença entre a teoria e a prática ser imensa, eu estava disposto a tentar.

Entrei pela área de emergência. Olívia estava perto da recepção, os olhos fixos no piso. Ao me ver, veio em minha direção e me abraçou brevemente.

— Obrigada por ter vindo — disse, voltando a se sentar. Seus olhos estavam inchados, como se ela não dormisse havia dias. — Não sabia quem chamar...

— Ah, Olívia, não precisa agradecer... — Sentei-me ao lado dela e segurei suas mãos. — Aconteceu alguma coisa? Tua mãe tá bem?

— Não sei — respondeu, com uma voz mais baixa que o comum, e seus olhos voltaram para o piso. — Ela tá anestesiada, fazendo endoscopia há mais ou menos uma hora.

— Mas ela não mora em São Paulo? Como ela veio parar aqui? Aconteceu algo mais grave desde a última vez que conversamos?

— Não. A possibilidade de estar doente deu uma injeção de vida nela. — Olívia suspirou, coçou os olhos e encarou o teto. — Ah... Você sabe... Desde a morte do meu pai, ela tinha se trancado em casa. Acho que a possibilidade de ter pouco tempo fez com que ela se animasse, então veio passar uns dias aqui. — Ela me olhou por uns segundos, depois voltou a encarar o chão. — Eu tinha dito que o trabalho novo estava me deixando muito cansada e tal... E ela veio.

— Vocês já têm algum diagnóstico definitivo?

— Ainda não. Ela tá fazendo exames e mais exames, mas resolveu tirar uns dias. Se a notícia for ruim mesmo, quer aproveitar ao máximo antes que as coisas nunca voltem a ser o que eram, sabe? — Suspirou fundo e levou as mãos aos olhos. Suspirou novamente e me abraçou. — Dan, sei lá. Tem uma coisa dentro de mim que me diz que ela tem câncer no estômago, sim. Por mais que eu queira ser otimista... — Suas lágrimas começaram a molhar minha blusa. — Eu sei que... Eu tenho uma certeza... Minha família tá acabando, Dan. Vou ter que crescer.

— Olív...

— Não quero falar disso. — Ela me interrompeu, afastou-se e secou os olhos com a palma das mãos. Suspirou fundo, olhou para o teto e piscou diversas vezes. — Sei que uma hora tudo vai acontecer ou não vai acontecer, sei lá, mas, por enquanto, prefiro fingir que não tá rolando nada. — Encostou-se na cadeira, esticou as pernas e deixou o corpo se arrumar do jeito que deu. — Viemos parar aqui porque minha mãe passou mal lá em casa. Almoçamos, minha mãe foi lavar louça e bum! Ouvi o estrondo lá do quarto.

— Ela se machucou?

— Acho que não. Acho que foi um mal súbito. Não sei. — Fechou os olhos e inclinou a cabeça para trás, no encosto da cadeira. — Aliás, não sei de nada. Nem sei se quero saber.

Fiquei mudo por alguns minutos. Meus olhos se perdiam pelos cantos do hospital, no entra e sai de macas e pacientes. De tempos em tempos, o painel brilhava, chamando alguém à recepção, ou algum nome era convocado pelos alto-falantes. No meio daquela dor, eu procurava alguma coisa para dizer para a Olívia, mas era difícil. Eu tinha brigado com o Ulisses e com ela, o que havia me machucado muito e me jogado no fundo do poço, mas eu nunca havia perdido alguém próximo ou lutado junto com um familiar doente. O máximo que eu podia fazer era rezar, mas alguma coisa dentro de mim me dizia que ela precisava era de apoio físico, de palavras reais, de cafuné.

Mas eu não podia fazer nada.

Depois da nossa briga, eu sabia que havia sido banido dessa área.

— Terminei com o Thomas — ela soltou, do nada. — Fiquei de saco cheio, vi que não estava indo a lugar nenhum e terminei. Aliás, a lugar nenhum como muitas coisas na minha vida. Muitas.

— Terminou? Como você tá?

Não sei quantas noites, no meu egoísmo, rezei para que ela se livrasse daquele embuste, mas não assim, não quando ela estava tão vulnerável. Como eu poderia responder com algo engraçadinho e bem-humorado, ácido na medida certa? Será que a minha acidez alguma vez tinha sido realmente certa para nós dois?

— Bem. — Calou-se por alguns segundos e levantou-se para olhar na direção da porta no fim do corredor. — Quem é o Thomas perto da minha mãe? — Sentou-se novamente e me olhou com uma cara estranha. — Quero que se foda. Tenho mais coisas com que me preocupar agora. Homem. Pff.

— Desculpa pelo que eu fiz... — disse eu, sentindo a indireta tocar fundo no meu remorso. — Desculpa mesmo. Sei que fui muito injusto. Ridículo.

— Ah... — Ela me olhou de lado, demorando demais para falar qualquer coisa, mesmo que fosse me mandar para o inferno. — Acontece. Você não tinha como saber.

— Mas eu fui um babaca... — insisti, apoiei os cotovelos nos joelhos e a cabeça nas mãos e olhei para ela de lado. Continuei: — Agora, percebo que fui muito egoísta e que fiz com que nossa amizade azedasse. — Procurei os olhos dela, mas ela não me encarava. — Fico muito feliz por você ter me chamado para ficar aqui com você.

— Olha, Daniel... — Ela finalmente me olhou, muito séria. — A mensagem que te mandei não tem nada a ver. Não te perdoei ainda. Pra dizer a verdade, nem entendi direito o que aconteceu, mas o lance é: você é, ou era, meu amigo mais próximo aqui na cidade. Não quis misturar o pessoal do trabalho nas minhas emergências. — Tirou os olhos de mim e procurou novamente alguma coisa no final do corredor, na direção da mesma porta de antes. — Ainda sou nova lá e não tenho muita intimidade com ninguém.

— Sei que não é a hora para a gente discutir essas coisas... — Fugi do olhar dela para ganhar coragem e conseguir continuar. — Mas eu perdi a noção. Tanta merda aconteceu comigo, que acabei descontando em vo...

Antes que eu terminasse, um homem negro alto saiu da porta para a qual ela tanto olhava.

— Olívia Jordão? — disse o doutor Ricardo Gutierrez, segundo o bordado no bolso do seu jaleco. — Sua mãe está melhor. Você vai ter que ficar de olho nela por alguns dias, até ela se recuperar totalmente. — Ele soltou um sorriso enigmático. — O resultado do exame sai até o fim da semana, então, agora, não posso te confirmar nada.

— Ela vai precisar ficar internada? — Olívia perguntou, com os olhos cheios de lágrimas, a mão direita na testa e a esquerda sobre a barriga. — O senhor sabe me dizer?

— Não. Sua mãe já teve alta e deve vir te encontrar em alguns minutos — disse ele, virou uma prancheta para ela e apontou para a folha. — Só preciso que você assine aqui como responsável.

Nos momentos que antecederam a chegada da mãe dela, eu me perguntava o que eu *realmente* estava fazendo ali. Não por elas, mas por mim. Como eu poderia ajudar em alguma coisa? Eu não tinha meu superpoder, eu não poderia alterar os resultados dos exames ou as mutações nas células. Eu me sentia sobrando, como me sentia sobrando na minha própria vida. Em que eu seria útil? Em quê?

HOUVE UM DIA — DEPOIS DE TANTOS ANOS — EM QUE EU ME PERGUNTEI SE AINDA TE CONHECIA.

"PAYPHONE", MAROON 5

13

Levei as duas até o apartamento da Olívia. Nós três fomos acompanhados por um silêncio constrangedor, pois eu, dentro do meu próprio carro, era um invasor no drama que as duas estavam vivendo.

Nós quatro — eu, a Olívia, a mãe dela e o meu desconforto — entramos no elevador e passamos longos nove andares em silêncio. Meu peito transbordava de desespero, porque eu queria ajudar, queria desfazer nossa briga e me mostrar disponível para Olívia, mas, dentro daquela lata de alumínio, encarando meus olhos no espelho, tive certeza de que eu estava sobrando.

Acompanhei-as até a porta e percebi, no jeito como Olívia me olhou, que eu não deveria me convidar a entrar.

— Muito obrigada, Daniel — ela disse e me abraçou, voltando para o corredor. — Eu te mando notícias.

Aquela frase confirmou meu pressentimento. Era melhor recolher meu orgulho do chão, engolir meu egoísmo e voltar para casa.

— Tem certeza de que não precisa de ajuda? — perguntei, me afastando, com os olhos no chão. — Posso passar um tempo com vocês para qualqu...

— Não, Daniel. Estamos bem. Quero dizer, vamos ficar bem.

Olívia me abraçou novamente, virou as costas e fechou a porta sem me olhar. Fiquei suspenso por alguns segundos na frente do apartamento dela, preso a um passado que não existia mais. Ela não havia dito nada, mas entendi e fui para casa.

Ela não me queria por perto.

No meu carro, liguei o som baixinho. Procurei as músicas que haviam sobrado dos nossos momentos. Encostei a cabeça no banco e respirei fundo, procurando forças para admitir que Olívia podia viver sem mim.

No caminho para casa, embalado pelas notas melancólicas de um passado que não voltaria mais, meu coração admitiu que não tinha qualquer poder sobre a situação. Tudo que eu poderia fazer era viver e esperar.

Nesse meio-tempo, eu também tinha muita coisa para pôr em ordem, então deixei de olhar para o calendário e passei a ignorar o relógio. Seria mais fácil, menos torturante, porque assim poderia viver minhas mudanças por mim e em mim, em vez de tentar colocar minha vida em ordem pensando em quando ela falaria comigo. Decidi que não queria começar minha vida novamente em função do tempo da Olívia.

Se era para eu mudar alguma coisa, ignorar os dias e viver no meu próprio tempo seria mais fácil do que observar as horas passando e viver suspenso na expectativa de quantos minutos demoraria até meu celular vibrar com a presença de Olívia.

Mas falar era fácil.

Nos dias em que passamos em silêncio, andei pela casa, completamente frustrado: frustrado porque ela não tinha entrado em contato, frustrado porque era como se nada mais existisse entre nós, frustrado porque eu nem sabia mais direito o que era esse *nós* e, principalmente, frustrado porque eu não encontrava forças para escrever ou ligar para ela.

Um vácuo havia se aberto entre a gente e, entre mim e ela, não havia som, interação, sentimento. Ainda que eu quisesse viver minha vida afastado dessa ausência e tentasse recomeçar de maneira independente, sem me apoiar na existência dela ou existir para ela, a saudade dentro de mim havia se alastrado pelo meu apartamento; ia crescendo pelas paredes, subindo pelas minhas pernas com memórias e possibilidades que martelavam na minha cabeça dia e noite, mas que naufragavam na minha inércia de não saber como agir, de não saber se eu deveria agir.

Andando pela casa, esbarrando por acaso nas duas noites que haviam se apagado da minha memória, as coisas se tornavam cada vez mais claras: eu havia me apaixonado pela imagem da Olívia que eu construí para mim, pelas qualidades e defeitos que eu *supunha* que ela tinha, porque eu nunca estava disponível realmente para perguntar sinceramente ou para ouvir *o que ela dizia* e não *o que eu queria ouvir*.

Eu inventei e reinventei Olívia. Primeiro, colocando a beleza que eu havia enxergado naquela primeira noite e as qualidades que me deixariam bêbado de paixão. Depois, apagando tudo que pudesse me mostrar que eu havia me apaixonado por uma mulher maravilhosamente inventada.

Ao mesmo tempo, também procurei me tornar o Daniel que achei que ela amaria, aquele cara que faria com que o mundo dela virasse de ponta-cabeça, então eu tinha vestido minha armadura, montado no meu cavalo branco e partido para defender minha donzela: os homens que não a valorizavam não passariam!

Que imbecil.

Enquanto procurava convencer a Olívia de que ela estava perdendo tempo com os caras errados — e, ao mesmo tempo, chamando a atenção para mim de um jeito bem tosco —, impedi que pudéssemos nos conhecer de verdade. A partir do momento que eu tinha esquecido o que rolou entre nós naquela primeira noite, decidi que moldaria a realidade e viveria em um mundo de ficção.

No décimo primeiro dia, quando não aguentava mais o suspense, esperei até o fim da tarde e comprei um buquê de margaridas para a dona Beatriz, a mãe dela, e fui até lá sem pensar nas consequências.

Toquei a campainha, na esperança de que estivessem em casa. Após alguns segundos, passos muito leves e lentos se aproximaram e me receberam com um sorriso.

— Oh, Daniel! — ela disse, com uma voz baixa e cansada. Sorri em resposta e entreguei as flores. — Obrigada, meu filho. — Pegou o buquê das minhas mãos, me abraçou e fez um gesto para que eu entrasse. — A Olívia tá lá na sala.

Por mais que ela tivesse me recebido com um sorriso, fiquei com medo de estar interrompendo alguma coisa entre as duas.

Se antes disso tudo eu já havia concluído que não conhecia a verdadeira Olívia direito, quem seria a mulher que eu encontraria sentada no sofá? Como chegar, cumprimentar e tentar conversar sobre alguma coisa, se eu nem sabia mais o que tínhamos em comum? Se eu nem sabia como ela estava reagindo à doença da mãe?

Aproximei-me devagar, com medo de não saber o que dizer, de como reagir.

— Quer alguma coisa para beber, Daniel? — dona Beatriz perguntou, passando pela sala e indo em direção à cozinha. — Como vou colocar essas flores em um vaso, aproveito e passo um café para você e para a Olívia. Você quer, filha?

— Não quero, mãe. Traz só pra ele.

Por não ter outra alternativa, respondi só com um sorriso. Não sabia se era melhor aceitar, porque ela estava oferecendo com uma cara tão feliz, ou recusar, porque ela estava doente e seria o mais educado a fazer.

Na sala, o volume da TV estava bem baixinho, típico de quem deixava alguma coisa aleatória passando só pela companhia.

Olívia estava deitada no sofá, olhando para o teto, com as pernas esticadas. Sentei no chão e passei a mão muito levemente pelos cabelos dela.

— Oi. Tá tudo bem?

— Tá — ela respondeu sem me olhar e virou-se para deitar de lado. — Quero dizer. Tá indo. Tô tentando. Eu e minha mãe estamos tentando sobreviver.

— Ela tá doente mesmo? — perguntei, ainda mexendo nos cabelos dela. — Os exames já confirmaram alguma coisa?

— Sim. Câncer no estômago. Estágio dois, com começo de comprometimento do sistema linfático. — Virou o rosto e me encarou com os olhos mais vazios que eu tinha visto na minha vida. — Ou seja, a cura não é garantida e é mais complicada do que se estivesse em estágio inicial.

— Claro que ela vai se curar!

— Ninguém pode afirmar isso — disse, com uma voz gelada que me assustou. — Nem os médicos, nem eu, nem você...

— Eu sei, Olívia... — respondi, meio derrotado. — Mas a gente pode manter o pensamento positivo, pode enfrentar o tratamento com esperança. Se a gente se fortalece em algum tipo de fé, temos um pouco mais de força para encarar a batalha.

— É, eu sei.

Dona Beatriz atravessou o curto espaço que separava a cozinha da sala com uma caneca esverdeada nas mãos, colocou-a sobre a mesa de centro e sentou-se no mesmo sofá onde Olívia estava, colocando os pés da filha sobre seu colo.

— Trouxe sem açúcar. Se quiser, tem lá na cozinha, posso ir pegar. — Ela sorriu. Seus dedos brincavam com as pontas das meias roxas que Olívia usava. — Mas acho que me lembro de ouvir a Olívia dizer que você era como ela, que gostava de café forte e puro, sem nenhuma frescura.

— Ai, mãe... — Olívia bufou e voltou a deitar virada para cima, olhando o teto, o que me deixou meio sem graça. — Deixa o Daniel. Ele toma do jeito que quiser.

— Queria ter vindo visitar a senhora antes, mas achei que vocês precisavam de tempo, de espaço...

Tomei um gole para afogar a tristeza que a Olívia havia jogado sobre mim. O tom de voz dela fez com que eu me sentisse um intruso, uma pessoa horrível, que não merecia estar ali. Para disfarçar, olhei para dona Beatriz, sorri e assenti com a cabeça.

— Uma delícia!

— Olha, Daniel, não dá ouvidos para a Olívia, não. — Ela balançou os pés da filha, brincalhona. — Pode aparecer quando quiser, querido.

— Ai, mãe... — Ela cruzou os braços e continuou sem me olhar. — A gente tá bem sozinha. Não precisa de ninguém, não.

A sala foi invadida por um constrangimento que devorou tudo ao nosso redor e se expandiu de maneira tão absoluta que, por alguns segundos intermináveis, não existia mais nada entre eu e Olívia, nem o mínimo de cordialidade. Seu olhar me atingiu com tanta antipatia, que eu estava pronto para aceitar que deveria levantar e ir embora.

— Deixa de ser chata, filha. — Dona Beatriz interveio, creio eu que para preservar um pouquinho da minha dignidade para continuar vivo. — O Daniel correu no hospital quando você precisou, Olívia, então tem todo o direito de vir aqui em casa. Posso estar com o pé na cova... — Ela riu e continuou: — Mas ainda sou sua mãe, então acho que ainda posso mandar um pouco.

— Ai, mãe... — Olívia cobriu a cabeça com uma almofada, abafou um grito, depois retomou a reclamação: — Para com essa merda de "tô morrendo". Não aguento mais essas piadas. Ninguém sabe o que vai acontecer. Você ainda tem chance.

Eu me mantive calado. Minhas mãos estavam suadas e eu não sabia onde enfiar a cara, para dizer a verdade, mas preferi não me meter. Aliás, fiquei cutucando as cutículas para desviar o olhar da cara de dona Beatriz e não cometer a gafe de sorrir, porque sabia que a Olívia ia me odiar mais ainda.

— A senhora tá se tratando por aqui mesmo? — Decidi quebrar o gelo para evitar que as duas brigassem.

— A quimioterapia começa na semana que vem, na quarta.

— Posso te levar, se a senhora quiser... — disse sem pensar, como um pedido disfarçado de desculpas. — Aí, a Olívia não precisa faltar ao trabalho.

— Não precisa — ela se intrometeu, seca, sentando-se. — Já conversei com o RH e tá tudo sob controle.

— Na próxima seman...

— Não se preocupe, Daniel. — Ela passou as mãos pelo rosto e balançou a cabeça, como se estivesse acordando. — Sei que você gosta de ajudar todo mundo, mas eu e minha mãe estamos bem. A gente tem se virado e vai continuar se virando. — Olhou para dona Beatriz, sorriu e levou a mão esquerda ao joelho dela. — A gente era muito amigo e tals, mas isso é uma coisa que eu e minha mãe temos que passar juntas. Eu e ela, *mais ninguém*. Caso a gente precise de alguma coisa, eu te aviso. — Ela, finalmente, sorriu na minha direção. — Agradeço novamente por ter corrido para segurar a bronca comigo no hospital, mas essa é uma luta minha, minha e da minha mãe. De mais ninguém.

Respondi da forma que deu. Nem lembro direito o que eu disse, porque eu estava chocado, sem chão. Olívia havia dito que *éramos* muito amigos, no passado. Passado. Sem graça, fiz o máximo que pude para levantar e não demonstrar minha tristeza. Chutei os cacos do meu coração até a porta, apanhei-os de qualquer jeito e fui para casa tentando permanecer vivo, mesmo com meu peito vazio. Eu havia imaginado os mais diversos cenários, mas não estava preparado para ter que passar super bonder nos meus sentimentos.

ACHO QUE O MELHOR A SE FAZER É SEGUIR CAMINHANDO. TALVEZ EXISTA UMA LUZ LÁ NA FRENTE.

"I WILL WAIT", MUMFORD & SONS

14

A pilha de boletos que se acumulava sobre minha mesa me jogou em uma espiral de pânico e ansiedade. Eu havia passado o mês com o dinheiro que havia me sobrado da rescisão, mas, como PJ, eu não podia me dar ao luxo de permanecer desempregado por mais tempo.

Poderia recorrer aos meus pais, mas não queria precisar fazer isso, porque eu me orgulhava, desde pequeno, de ter aprendido a contar meus centavos e pagar as coisas com o dinheiro do meu próprio bolso, mesmo quando eu ainda vivia das mesadas que eles me davam, e minhas compras se resumiam a jogos, doces e outras coisas que a gente gosta quando criança.

Deitado no sofá, fiz ginástica mental para esticar minhas economias, mas o dia 15 estava chegando e, com ele, o vencimento de todas as minhas contas.

Com o desespero fungando meu cangote, sentei-me, escrevi para todos os meus colegas da faculdade pedindo *pelamordeDeus* por um freela.

Encostei no sofá, cruzei as pernas e deixei o celular sobre a mesa.

Cinco minutos e nada.

Comecei a bater o pé.

Dez minutos e nada.

Peguei o aparelho para ver se tinha esquecido no silencioso, mas não tinha.

Quinze minutos e nada.

Reiniciei para ver se não estava com problema.

Vinte minutos e nada.

Levantei e comecei a andar de um lado para o outro, querendo arrancar os cabelos. Tudo bem que o mercado de freelas não era um mar de rosas, mas pelo menos as respostas negativas e as promessas de "se eu ficar sabendo de alguma coisa, eu te aviso" costumavam chegar rapidinho.

Por falta de alternativa, saí pela cidade revirando cada esquina. De acordo com a minha experiência no mercado publicitário, havia dois tipos de clientes: as empresas desconhecidas, que precisam se promover com pouquíssima grana, e as grandes corporações, que têm verba quase ilimitada.

Meu azar?

Era difícil convencer o dono de um pequeno negócio a investir suas economias em uma ideia cujo retorno não dava para demonstrar imediatamente em uma calculadora, e havia zero, zero, *zero* grandes empresas que já não fossem atendidas por agências de nome perto da minha cidade. Ou seja, eu estava fodido.

Comprei os jornais locais para dar uma olhada nos anúncios das lojas e analisei os sites das empresas para oferecer um serviço melhor, mas os donos não me levaram muito a sério.

Como minha primeira estratégia não tinha dado certo, depois de uns dias, parti para a ignorância. Coloquei a mochila nas costas e saí andando pela cidade, pronto para preencher fichas para as vagas anunciadas nas vitrines e nos postes. Antes, porém, resolvi que voltaria ao bar onde eu havia brigado com a Olívia, sei lá por quê, talvez para me despedir do que tínhamos e de quem éramos — ou melhor, de quem *eu* achava que éramos.

Não podia mais viver uma eterna espera por uma coisa que não existia mais. Não nos falávamos direito havia mais de um mês.

Esperança pra quê?

Já era.

A luz do meio da tarde era filtrada pelas janelas coloridas do pub. Os segundos escorriam devagar enquanto eu tentava me agarrar a alguma lembrança boa de mim e da Olívia, a algum sorriso ou a alguma verdade escondida na nossa conversa fiada. Nossos momentos e nossas piadas internas desfilaram entre as mesas, pulando sobre as cadeiras, agarrando-se aos ventiladores de teto em um velório surreal e sem sentido.

— Tá tudo bem? — me perguntou uma voz feminina.

Protegi os olhos da luz da tarde, que batia diretamente no meu rosto, e dei de cara com uma moça loira, de olhos castanhos.

— Ah, oi. — Sorri sem entender bem quem ela era. — Tá sim.

— Quer beber alguma coisa?

— Uma caneca média bem gelada? — pedi, fazendo as contas mentalmente para não gastar mais do que podia.

— Tem certeza de que tá tudo bem? — disse ela, quando voltou, ao jogar o descanso de copo sobre a mesa e colocar a caneca em cima. — Não parece. — Sem cerimônia, virou uma das cadeiras ao contrário e sentou-se. — Olha, com o tanto de gente que vem aqui todo dia, já peguei a manha de identificar quem tá feliz e quem tá na merda. — Ela sorriu. — Você, claramente, se encaixa no segundo grupo.

— Não achei que estivesse tão ruim assim... — Tomei meu primeiro gole e evitei encará-la, ainda preso aos ecos das risadas de Olívia pelo ambiente. — Mas daqui a pouco passa. Tem que passar.

— Ah! Nem vem com essa, meu filho. Daqui a pouco? — Ela baixou um pouco mais a cabeça, tentando pescar minha atenção. — Você tá com cara de que tá assim desde que brigou com aquela guria. É, não é?

— Oi? — Encarei-a sério, sem saber se ela tinha visto a briga ou se me ofereceria uma simpatia para trazer de volta a pessoa amada. — Do que você tá falando?

— Ai, bobo. — Ela riu. — Peraí. — Foi até o balcão e trouxe uma lata de guaraná e um copo. — O movimento tá bem fraco hoje, então dá para ficar jogando papo fora.

Ela cobriu o gelo bem devagarzinho com o refrigerante. Meu olhar se perdeu nos respingos do gás que subia e nas bolhas que espumavam com raiva, provavelmente do mesmo jeito que eu tinha feito quando briguei com Ulisses.

— Ei. — Ela estalou os dedos e apontou para o próprio rosto. — Volta do mundo da lua, sonhador! Aliás, não pense que sou essas fofoqueiras de cidade pequena, esse pessoal que fica na janela e depois passa relatório pros vizinhos. Trabalho aqui. Estava no bar no dia em que vocês brigaram.

— Mas nossa discussão foi tão feia assim que fez você se lembrar de mim? — Baixei os olhos, sentindo minhas bochechas queimarem. — Nossa, que horror. Desculpa.

— Não! — Ela sorriu e tomou um gole de guaraná. — Não posso beber de verdade, então vou fingir que isso é cerveja para te acompanhar. — Pegou um palito, quebrou no meio e ficou brincando com as metades. — Não foi o escândalo do século, não se preocupe. Eu que atendi sua mesa naquele dia. Por isso que eu sei.

— Menos pior.

— Mais ou menos, né? — Ela levantou a sobrancelha e me olhou de lado, ainda com as metades do palito nas mãos. — Eu e os outros garçons te procuramos no Facebook por causa do teu cartão de crédito. — Ela riu. — Sabe como é a curiosidade, né? Não me orgulho, não, mas a gente foi investigar para saber se havia *updates* sobre a briga.

Arregalei os olhos, sentindo a cerveja voltar na minha garganta junto com uma vergonha que não tinha tamanho.

— Calma! — ela exclamou.

Ela colocou a mão quente sobre a minha, o que foi suficiente para invocar o fantasma de Olívia, que me empurrou para o lado com o quadril e passou a dividir o assento da cadeira comigo para defender o território.

— Não foi tudo isso, não — ela disse. — Sei lá, deve ser uma mania do pessoal aqui do bar. Quando a gente vê alguma coisa interessante, a gente fuça no perfil das pessoas para entender melhor o que aconteceu. Começos e términos de namoro, casamentos, divórcios, nascimentos, mortes. — Ela riu. — É como se a gente fosse a coluna social da cidade. Em tempos de redes sociais, meu filho, nada mais é segredo.

— E vocês descobriram muita coisa? — perguntei e tomei um gole de cerveja para afundar minha vergonha no estômago.

— Pra dizer a verdade, foi meio chato.

Ela ficou vesga de um jeito engraçado para assoprar os fios de cabelo que estavam cobrindo seus olhos, o que fez com que o fantasma de Olívia quase me derrubasse da cadeira de tanto ciúmes.

— O perfil de vocês tem pouca coisa pública. Só umas músicas e fotos em que vocês foram marcados por terceiros, mas nada de vocês dois juntos, com legendas interessantes que pudessem dar detalhes suculentos do relacionamento.

— Ainda bem!

Eu ri e logo me calei, com medo de que o fantasma de Olívia pudesse me jogar no chão e sambar na minha cara por estar dando trela para outra guria.

— Eu sou a Ananda. — Estendeu a mão, sorrindo. — Olha, eu revirei teu Instagram naquele dia, mas, desculpa, não me lembro do teu nome.

— Daniel — respondi e apertei a mão dela, tentando voltar à minha tristeza por algo que nunca tinha acontecido de verdade. — Meu nome é Daniel. Olha, somos, ou éramos, sei lá, só amigos. Eu não sabia que ela estava com uns problemas, então reclamei que ela estava avoada, grudada demais no celular. Aí, deu no que deu. Mas a pior fase já passou.

— Tem certeza? — Ela virou a cabeça de lado e apertou as pálpebras me olhando de soslaio. — E essa cara de enterro?

— Ah... Tô desempregado.

Balancei a cabeça e deixei os olhos repousarem nas metades do palito, que agora não estavam mais nas mãos dela. O fantasma de Olívia, percebendo que eu havia mudado de assunto, sossegou e foi sentar na outra cadeira.

Respirei fundo, tomei um gole de cerveja e me controlei para falar mal do Ulisses sem vomitar todos os palavrões que eu conhecia.

— Um idiota, ex-melhor amigo, ex-colega de trabalho, ex-qualquer coisa que seja digna de ser chamada de ser humano, puxou meu tapete e eu fui parar no olho da rua, basicamente.

— Ah, então, pelo visto... — Ela riu, tomou um gole do guaraná e me deu um soquinho de leve no cotovelo. — Pelo visto era esse barraco que valia a pena investigar, não aquele com a tua amiga.

— Cara... — Ri, desanimado, depois voltei a olhar pra ela. — Só você pra me fazer rir, viu? Tá vendo aquela cerveja ali? — Apontei para o pôster que estava colado perto do caixa. — Fui eu que fiz aquela campanha do táxi pelo aplicativo e tal.

— Sério? — Ela olhou na direção do meu dedo com os olhos arregalados e depois voltou novamente a atenção para mim. — Esse lance tá bombando em todo lugar. Mas como você vai arrumar um emprego pra fazer umas coisas dessas aqui nesse fim de mundo? Sei que tem aquela agência, acho que é Trave que chama, lá no centro. Fora isso...

— É. É Trave, sim.

Olhei para ela de canto de olho, surpreso por me sentir interessado, mas com medo de querer falar com ela sobre alguma coisa além de besteiras. Aproveitando o meu pensamento, o fantasma de Olívia chutou minha canela por baixo da mesa para desviar minha atenção.

— Era lá que eu trabalhava e é a única nas redondezas, ou seja, tô fodido — disse e tomei um gole de cerveja para ver se conseguia encontrar algum otimismo dentro de mim. — A não ser que arrume algum freela ou alguma coisa remota, sei lá o que vou fazer.

— Hmm... — Tirou os cabelos dos olhos, depois apoiou o cotovelo na mesa e o queixo na mão. — A gente não tá nadando na grana aqui no bar, mas o movimento não tá lá grandes coisas. De repente, a gente entra num acordo.

— Mas você é a dona daqui? — Bebi um gole da minha cerveja, sem muita empolgação, porque boas intenções não enchiam barriga. — Digo, para poder aprovar orçamento e tal?

— Dona, não. Gerente.

Levantou-se, pegou minha caneca e foi até o balcão. Voltou com outra, cheia, e com um sorriso que falava comigo de um jeito estranho, novo, desconhecido.

— Eu e o dono vivemos conversando sobre fazer alguma promoção, sei lá, alguma coisa pra chamar mais gente pra cá. Não podemos pagar muito, mas... De repente... Te interessa.

— Se me interessa? Mas é claro!

Eu me ajeitei na cadeira como se tivesse acordado num susto e sorri sem jeito, preparado para enfrentar o fantasma de Olívia, porque a covinha na bochecha da Ananda me pareceu, por uns instantes, mais incrível que a possibilidade de ganhar uma grana.

— Qualquer coisa é melhor do que nada. Vou fazer um trabalho maravilhoso!

— Veremos. — Ela se levantou, pegou a bagunça de palitos e copos, foi pra o balcão, me olhou e disse: — Agora tenho que trabalhar. Os clientes começam a chegar daqui a pouco e, se falarem para o dono que eu estava de papo, seremos dois sem dinheiro para pagar o aluguel.

Eu sorri e acenei. Olhei para o paliteiro e peguei um, que cortei na metade. Com o dedo indicador, rolava o palito para lá e para cá, analisando a decoração do bar, o número de mesas e os produtos disponíveis, pensando no que poderia ser feito. Na minha cabeça, tudo já estava esquematizado: pesquisa de concorrentes, na internet e fisicamente, promoções interessantes que haviam dado certo, mil coisas.

O fantasma de Olívia se levantou, convencido de que meu interesse era profissional, e, antes de partir, me lembrou de que o saldo na minha conta duraria dez dias. No máximo.

— Ananda — chamei, uns quinze minutos depois.

As mechas mais claras de seus cabelos brilhavam na luz que ainda entrava pela porta, esvoaçando um pouco com a brisa que anunciava o final da tarde. Ela se virou. Como ela era bonita! Fui até ela, com vergonha de perguntar alto, porque algumas mesas já estavam ocupadas.

— Você acha que, se eu correr e apresentar alguma coisa legal na semana que vem, rola uma grana adiantada? Tô precisando pagar umas contas, sabe como é...

— Sinceramente, não sei. — Ela veio na minha direção, enxugando um copo. — O dono me disse que queria investir, que queria encher a casa de gente, mas como e quanto... Aí não depende de mim. Mas me dá teu telefone. — Ela me ofereceu um guardanapo e uma caneta. — Vou deixar pendurado ali no quadro e te ligo para explicar. Ou o Cícero te liga.

— Cícero?

— O dono. — Pegou outro copo e começou a enxugar enquanto me observava escrever. — Mas provavelmente serei eu. Ele é muito ocupado. Tem outras lojas aqui na cidade.

Terminei a conversa, ainda sorrindo, dizendo algumas bobagens das quais nem lembro mais. Sorri novamente e não cansei de sorrir por aqueles minutos, pois meus olhos gostaram de descansar sobre o rosto dela e meus ouvidos decidiram que a voz dela era algo muito parecido com uma música boa, que me deixava feliz, sem preocupações.

Antes de sair, voltei-me, acenei e fui atropelado pelo fantasma da Olívia, que saiu resmungando as mesmas coisas que eu falava sobre o Pedro e o Thomas.

> VOCÊ TROUXE SOB OS OLHOS UMA VERSÃO QUE NEM EU CONHECIA SOBRE MIM MESMO.
>
> "LOVERS ARE IN TROUBLE", BEESHOP

15

Passei dois dias com o coração aos pulos. Qualquer notificação do meu celular trazia uma ansiedade que eu preferia entender como falta de dinheiro do que como saudade de uma pessoa que eu nem conhecia direito.

Nos meus ouvidos, a voz de Ananda ainda ressoava como uma música que eu queria ouvir de novo. Decorar? Não sei se chegava a tanto, ainda mais com o fantasma da Olívia sentado no canto da sala, de bico e bufando.

A ligação veio, e combinamos de nos encontrar no final da tarde de segunda, mesmo com o bar fechado.

— Então, Ananda... — eu disse, abrindo o laptop para mostrar uns rascunhos e as coisas que eu havia pesquisado. — Com o nosso orçamento, o tamanho da nossa cidade e a localização do bar, não dá para fazer milagre.

— Eu sei. Nem se preocupe. — Ela riu e levou as mãos à cabeça para segurar os óculos escuros que ameaçavam cair. — O Cícero também tá sabendo que não vai dar pra fazer uma campanha que nem a da cerveja. De boa, Daniel.

— Olha... — Mostrei os *prints* do mapa da cidade. — O bar fica aqui. — Apontei para o primeiro ponto azul marcado. — E a loja de roupas do Cícero fica aqui. — Apontei para o segundo. — É praticamente do lado. Dá para ir andando.

— Daniel... — Ela sorriu com uma cara que eu não conhecia ainda, mas que julguei ser de sarcasmo. — Disso, todo mundo na cidade sabe.

— Boba. — Rebati o sorriso e mostrei a língua. — A gente pode fazer uma ação para fidelizar os clientes da loja e do bar. Podemos colocar um cartaz bem-humorado oferecendo uma cadeira bem confortável para que os acompanhantes dos clientes aguardem aqui no bar e, para quem comprar um mínimo x, a gente oferece uma caneca de cerveja gratuita.

— Gosto muito da ideia! — Ananda sorriu. — Mesmo porque, os clientes viriam pegar os acompanhantes e acabariam bebendo alguma coisa. Aí, as pessoas que ganharam a cerveja grátis, de repente, vêm com amigos, o que traria novos clientes.

— Exatamente! — Puxei a manga da minha camiseta preta do Darth Vader para cima e cocei o ombro. — O problema vai ser reter esses clientes, porque eles precisam voltar, certo?

— Claro! — ela disse, foi até o balcão e voltou com duas garrafas de água. — Como podemos fazer isso?

— Pensei em colocarmos uma roleta ao lado do caixa. Gastando acima de, sei lá, oitenta reais, vocês deixam o cliente girar a roleta para ver que prêmio ganha: cerveja ou comidas de graça, por exemplo, qualquer coisa que ele só possa pegar da próxima vez que vier aqui, o que vai garantir pelo menos mais uma visita e, por consequência, mais algum consumo.

— Genial!

— Eu sei — Sorri.

— E como a gente pode fazer isso?

— Olha, mandar fazer uma roleta deve ser um pouco caro. — Terminei a frase e vi que o rosto dela tinha murchado. — Então, fiz o que todo mundo faz: procurei no YouTube. Tem diversos tutoriais e, pelo que vi, não é tão difícil assim de fazer uma coisa bem criativa e bonita.

— Tô dentro! — Ananda pousou sua mão direita sobre a minha, o que fez os pelos dos meus braços se arrepiarem. — Adoro um "faça você mesmo". — Sorriu, retirou a mão da minha e ajeitou os cabelos atrás das orelhas. — Meu sonho era poder viver de pintura. Amo pintar.

— Ih, nem se preocupe, eu faço.

Coloquei minha mão sobre a dela de uma forma tão natural que me assustou um pouco. Prometi a mim mesmo que ia ignorar o fantasma de Olívia, porque estava mais que na hora.

— Só tenho que comprar os materiais e vamo que vamo. Não deve dar nem cem reais.

— Perfeito! Nosso orçamento inicial é de pouco menos de três mil. Veja a lista de materiais e libero a grana para você comprar. Se tudo der certo, o que sobrar da verba fica contigo.

Ela tomou um gole de água e inclinou-se na minha direção. As mechas de seus cabelos brilharam como naquele primeiro dia e se acenderam em um tom de dourado que me fez sorrir.

— Olha, Ananda... — Suspirei, desanimado. — Sinceramente? Preciso muito que fique.

— Vai ficar! — disse ela e me encarou. — Mudando de assunto, tô muito feliz por te ver assim... bem. Das três vezes que me lembro de ter te visto, esta é a melhor, sem sombra de dúvidas. Seu sorriso te deixa muito mais bonito.

— Obrigado! — Não sabia onde enfiar a cara, então fui brincar com a minha garrafa de água. Em seguida, completei, como se não quisesse nada, mas querendo: — Ah, eu sou um ogro. Você que é linda.

— Obrigada! Ogro... — Ela riu, tirou os óculos da cabeça e guardou na bolsa. — E quando a gente se encontra para pintar a roleta?

— Não se preocupe. Olha... — Empurrei uma pasta azul-clara com um orçamento e uma visão geral da ideia. — Aqui está minha proposta e tal. Conversa com o Cícero. Se tudo estiver aprovado, faço as compras e trago tudo pronto. Não precisa se preocupar. A mão de obra tá incluída no preço.

— Vou te ajudar a fazer essa roleta ou não me chamo Ananda. — Ela sorriu e estendeu a mão para que eu a apertasse. — Já disse que gosto de pintura. Nem vem. Vou falar com o Cícero, mas acho que já tá praticamente aprovado. — Ela olhou para mim e depois para a mão, como se perguntasse: *não vai apertar?* — Daí, se quiser, podemos nos encontrar amanhã ou depois, dependendo de quando você descolar o material.

— Ananda, é sério, não precisa se preocupar... — Sorri e baixei os olhos, envergonhado. — Posso fazer tudo sozinho. É por isso que vocês estão pagando, né?

— Ih, Daniel...

Meu nome se derramou da boca de Ananda com uma doçura que me convenceria a fazer uma roleta do tamanho do bar inteiro se fosse necessário.

— Não encana. Quero fazer a roleta junto com você. Além disso, você tem sorrido mais na última semana, então preciso garantir que continue assim. — Ela riu. — Desista. Tá vendo essa mão que ainda tá esticada aqui? Consigo ficar nesta posição por horas.

— Tudo bem, vai. Amanhã ou depois de amanhã, às duas. — Apertei e deixei que meus lábios sorrissem de um jeito sincero como eu não fazia há tempos. — Nos encontramos aqui e vamos para minha casa. Te ligo para confirmar.

Ao sair pela porta para ir em direção ao meu carro, me peguei pensando no dia em que conheci Olívia. Ananda não tinha chegado na minha vida como o furacão Letícia ou o furacão Olívia, mas o sorriso dela me fazia sentir bem e sua voz me garantia que ainda havia felicidade no mundo. Sua presença era calma, e nada nela me fazia ter vontade de vender as calças e sequestrá-la para morarmos em uma ilha deserta, mas era isso mesmo que eu andava procurando.

Tranquilidade.

Meu reino por cinco minutos descomplicados!

O SEU OLHAR ME INVADE TÃO FACILMENTE QUE É COMO SE AS PORTAS DO MEU CORAÇÃO NÃO TIVESSEM TRANCA.

"CHASING CARS", SNOW PATROL

16

Cheguei em casa e logo me arrependi de ter chamado Ananda para fazer a roleta no meu apartamento.

Eu havia me proposto a dar um jeito na casa no dia em que encontrei Monika, mas não dei. Na verdade, comecei a arrumar as coisas, mas desisti porque a tristeza ainda estava grudada em mim.

Por não ter mais saída, arregacei as mangas. A área não era grande, mas refletia o estado de espírito que havia tomado conta de mim: caos total. Latas de cerveja e de refrigerante, caixas de pizza e de comida chinesa, louça suja.

Não sabia direito por onde começar, então fui pelo mais fácil. Enquanto enchia um saco enorme com recicláveis, achei três pés de meia que haviam sumido e as cópias das chaves que eu havia perdido há meses.

Quando terminei a limpeza, estava tão cansado que apaguei no sofá.

No outro dia, aproveitei para ir à casa dos meus pais e esquecer da vida, porque assim eu não teria chance de começar a bagunça toda de novo. Almocei e jantei por lá e fui para casa somente à noite, que demorou a passar. Na minha cabeça, Ananda aparecia com seus cabelos loiros e sua covinha, e eu não sabia o que fazer.

Peguei meu celular e cliquei no aplicativo de mensagens. Minha esperança era ver o nome do contato da Olívia com as letrinhas verdes indicando que ela estava digitando uma mensagem, mas não foi o caso. Cliquei em seu nome. Vista por último às 23:52, o que queria dizer que tinha conversado com alguém — que não eu — havia pouco tempo.

Meu corpo afundou na cama. Eu não tinha coragem de falar com ela, por achar que ela precisava ficar sozinha com a mãe, mas também não tinha coragem de me interessar por Ananda.

Perto do teto, o fantasma de Olívia flutuava, gargalhando.

Fechei os olhos e comecei a contar carneirinhos para ver se afastava minha carência e fui acordado pela campainha tocando pouco antes das duas da tarde.

Não passamos nem três horas trabalhando. Os materiais tinham sido muito fáceis de encontrar, e Ananda era realmente muito boa em artes, o que tirou um peso da minha consciência. Conversamos e cortamos papéis, papelão e EVA como se fôssemos velhos conhecidos e nossos corpos, sentados lado a lado, se mexiam de uma forma incrível, como se obedecêssemos à uma dança que sabíamos mesmo antes de nos conhecer.

Dentro de mim, observando a forma como ela se movia e os sorrisos que escapavam na minha direção, um monte de frases brotavam e sumiam antes que eu conseguisse falar alguma coisa. Queria ter dito que a presença dela deixava meu apartamento mais alegre, mas me segurei, porque não queria assustá-la com a minha pressa de preencher o espaço deixado por Olívia com possibilidades mais concretas e menos sofridas.

A roleta ficou muito legal, perfeita ao lado do caixa. O resultado abriu um sorriso enorme no rosto de Ananda, e a combinação de trabalhar novamente e de ter conhecido uma pessoa que me deixava tão feliz só por existir fez com que eu me sentisse vivo novamente.

— Quer ficar por aqui e observar as primeiras voltas dessa coisa linda? — Ananda interrompeu meus pensamentos e apontou para a roleta. — A cerveja é por conta da casa.

— Claro que quero! — Sorri e coloquei a mão sobre a dela por poucos segundos para não abusar da sorte. — Não é todo dia que a gente encontra cerveja de graça e companhia agradável...

— Quanto à companhia agradável, aí é questão de gosto... — Ela gargalhou e colocou a cerveja sobre o balcão. — Mas não acostuma com a cerveja de graça, não, porque é só hoje. Daqui a pouco você recebe e vai ter grana para pagar...

Levantei e me aproximei dela. Seus olhos brilhavam, e seus lábios pareciam chamar meu nome em uma língua que só o meu corpo entendia.

— Ufa! Ter grana pra pagar uma cerveja já é um primeiro passo...

— Gosto de primeiro passos...

Ela colocou os cabelos por trás da orelha e se aproximou de mim. Meu corpo tremeu, perdido na possibilidade de experimentar o gosto do hálito quente que me convidava a chegar mais perto.

Meus dedos tocaram as costas das mãos dela.

Então ela fechou os olhos.

Eu fechei os meus.

Naquele milésimo de segundo, quis que sua respiração doce tocasse minha pele para semp...

— Daniel?

A voz de Menelli chegou aos meus ouvidos e jogou um balde de água fria no lance todo. Respirei fundo, amaldiçoando gerações, antecipando qual era a merda nova que eu poderia ter feito/não feito na Trave sem nem mesmo estar lá.

Mantive minha mão sobre a de Ananda e olhei de relance para a roleta e depois para ele. Sua voz me balançou, mas me mantive forte, pois eu começava a ver que havia vida fora da agência e longe de Ulisses e Olívia.

— Ah. Oi, Menelli. Aconteceu alguma coisa?

— Vi que você fez *check-in* aqui e decidi dar uma passada para tentar te encontrar — respondeu e procurou os olhos de Ananda. — Vou pedir um chopp, e a gente conversa.

Tomei a frente e fui para uma mesa um pouco afastada, porque queria manter Ananda longe desse problema. Ela levou o chopp de Menelli e se afastou.

— Em que posso te ajudar? — perguntei, tão frio quanto ele no dia da demissão. — Aliás, roubei mais alguma coisa e não tô sabendo?

— Ah, Daniel... — Ficou em silêncio por longos segundos, traçando a borda do copo com o dedo indicador, depois levantou o rosto e me encarou. — Não sei nem como começar, mas queria pedir desculpas, porque as coisas continuam sumindo *misteriosamente* do escritório...

— Pois é. — Metralhei-o com os olhos, querendo sambar na cabeça dele ao som de "Eu te falei", da banda Daniel Carboni. — Isso quer dizer que não fui eu quem roubou aquela luminária, né?

— Daniel, não tive muito o que fazer. — Ele ergueu os ombros. — O Ulisses me apresentou provas, e eu tive que tomar uma atitude. Se não fizesse nada, perderia o respeito na agência, e ninguém mais te levaria a sério.

— Eu sei. — Meus olhos se fixaram nos dele, que brilhavam sem emoção. — Mas, passou. Isso tudo, a demissão, os conflitos... Foi bem difícil, mas superei.

— Você faz muita falta...

Esquadrinhei o bar. Ananda estava atendendo uma mesa do lado oposto da minha. Sua imagem dissolveu meu desejo de vingança, e voltei a sentir que era possível sobreviver fora do meu passado.

— Também senti falta da Trave, mas vida nova, Menelli. — Fiz questão de não dar trela, porque ele não era mais nada meu. Nem patrão, nem amigo, nem pai postiço profissional. — Isso aqui... — Abri um pouco os braços. — É parte do meu novo escritório. Ótimo ambiente de trabalho, não?

— Você tá trabalhando aqui?

— De certa forma, sim. — Balancei a cabeça e bebi minha cerveja, despreocupado. — Tô usando minha experiência para mudar os resultados do bar.

— E Cannes? — perguntou, sem me olhar, brincando com as gotas que desciam pelo lado de fora do copo. — Você desistiu fácil assim?

— Você pediu reembolso do dinheiro da inscrição, não pediu?

— Não.

Gelei. Por que ele continuaria com a inscrição da campanha? Não fazia muito sentido. Eu era *persona non grata* na agência.

— Olha. — Me mostrou um pequeno bloco de texto na tela do celular, que empurrou para perto de mim. — Recebemos ontem pela manhã. Sua campanha é uma das favoritas para levar o Leão este ano. — Ele sorriu. — E a Trave ficaria honrada em ter você de volta.

— Mas...

— Daniel, já conversei com o resto da equipe, e todos concordam. — Menelli gargalhou. — Quer dizer, menos o Ulisses. Mas, ultimamente, a opinião dele pouco importa.

Olhei para Menelli sem saber o que fazer. Até poucos dias, ter meu emprego de volta era meu sonho, mas as coisas estavam mudando. Dentro do meu coração, as saudades do ambiente da Trave não eram mais tão dolorosas.

Não queria ver Ulisses nem pintado nem de ouro. Olívia tinha a vida dela para viver, o que não me incluía no momento. Minha carreira começava a tomar um caminho que estava me agradando. Como voltar a ser o Daniel Carboni de antes?

— Não sei se posso aceitar.

— Como assim? — Menelli arregalou os olhos. — Já tem outro emprego?

— Não. — Sorri para ele, com uma segurança que me assustou. — Tenho outra vida. Não sei como vou poder conciliar as coisas. Preciso pensar.

Poucos segundos depois, levantei da mesa e fui para perto de Ananda. Sem o menor peso na consciência, deixei Menelli sozinho com seu chopp, porque estava cansado de ser atropelado pela minha vida.

A partir daquele momento, quem tomaria as decisões seria eu.

O PASSADO JÁ NÃO ME SERVE PORQUE EU NÃO SOU MAIS O MESMO.

"BUDAPEST", GEORGE EZRA

17

Saí do bar perdido entre dois mundos. Na calçada, encostei em um poste e observei as coisas ao meu redor, tentando entender como a Terra podia girar para dois lados diferentes, para duas possibilidades tão opostas.

Desde a minha demissão, eu havia esquecido a Trave e tudo que se relacionasse a ela, o que incluía as propagandas que eu havia criado para a cerveja e qualquer possibilidade de uma vitória em Cannes.

Era mais saudável.

Ananda havia surgido de surpresa, e sua liberdade e alegria tornavam as cores mais vibrantes e os contornos mais nítidos. Desde que tínhamos nos conhecido, ela havia se tornado um frio constante na minha barriga e um eterno arrepio percorrendo minha pele. Quando estávamos juntos, meus pés não paravam quietos, e minha ansiedade morava sobre meu lábio inferior, que eu não conseguia parar de morder.

Como perdoar Menelli por ter roubado para sempre o beijo que eu queria tanto?

Como voltar para tudo que me levara ao fundo de um poço escuro, quando Ananda era luz?

Apertei o botão do elevador e, enquanto esperava, fui conferir as atualizações do Instagram para enxergar o mundo pelos olhos dos outros. Eu estava tão confuso, que precisava de certezas: se as pessoas ainda estivessem postando fotos de suas comidas e de suas bebidas da Starbucks, eu não estaria em uma dimensão paralela.

Passei fotos, fotos, fotos, procurando um jeito de me acomodar novamente no que eu achava que a realidade era — ou podia ser.

Puxei a porta, entrei e apertei o número do meu andar. Encostado na parede, me olhando no espelho, procurei provas de que a vida que eu estava assumindo era melhor do que a anterior. Meus olhos estavam menos cansados e havia alguma coisa nova na minha expressão. Aproximei-me um pouco mais e ajeitei meu cabelo e minha blusa, tentando pegar um pouco de ordem do universo para me ancorar na versão *Black Mirror* na qual alguma coisa invisível havia me jogado.

— Surpresaaaaa!

Tentando não derrubar o celular e não cair duro no chão, me apoiei na parede.

Black Mirror era pouco para aquilo ali.

Só podia ser pegadinha.

Onde estava a câmera escondida?

— Finalmente! — Olívia veio em minha direção de braços abertos, com uns tantos balões roxos na mão direita. — O novo finalista de Cannes! — Me abraçou como se nada tivesse acontecido. — Já fazia uns quinze minutos que eu estava te esperando.

— Oi?

O corpo quente de Olívia me envolveu com aquele cheiro mágico que tinha feito parte da minha vida por tanto tempo, mas eu nem consegui abraçá-la direito. Seu rosto estava abatido e um pouco mais magro, e ela me olhava como se nada houvesse mudado em nosso relacionamento.

— Do que você tá falando? — Me afastei, tentando recuperar o fôlego para não morrer.

— Você não viu? — Ela foi em direção à porta do meu apartamento e ficou esperando que eu abrisse. — Os jornais estão comentando.

— Você tá de sacanagem? — Me belisquei para ver se eu não estava sonhando. — Não tá? O Menelli me falou sobre ser um favorito, mas não disse nada sobre minha cara estar saindo nos jornais. Que vergonha!

— Ai, Dan... — Olívia sorriu e revirou os olhos ficando vesga de um jeito muito parecido com o de Ananda. — Acha que eu mentiria sobre uma coisa dessas? — Encostou-se na parede, mexeu a cabeça para o lado e apontou para a porta. — Vamos! Abre essa porta logo, porque minha mãe já tá chegando pra gente comemorar!

— Você bateu a cabeça, só pode! — Coloquei a chave na fechadura e olhei para ela, ainda sem entender. — Não era você quem queria ficar um tempo longe? E agora cola aqui, do nada, sem avisar?

— Tenho um amigo reconhecido internacionalmente. — Ela deu um pulinho, colocou as mãos sobre os meus ombros e me empurrou para dentro da minha casa. — Cannes não é para qualquer um, Dan.

As luzes revelaram o que havia sobrado da preparação da roleta e da presença de Ananda. Os restos de EVA, tinta e cola esquecidos sobre a mesa eram uma promessa, uma lembrança daquele beijo que não tinha acontecido, *ainda*.

A bagunça espalhada pela minha sala não era mais um grito desesperado de revolta, e as coisas não estavam largadas por causa da minha depressão, da minha falta de esperança, mas sim porque minha casa era habitada novamente.

Viva.

Tão viva quanto eu.

— Coloca um sorriso na cara, homem! Acorda pra vida! — Olívia bateu palmas duas vezes na frente do meu rosto. — Helloooooo?

— Eu só...

— Quantos minutos vai ficar com essa cara? Você tá na final da principal competição de publicidade do mundo. — Ela se jogou no sofá, colocou os pés sobre a mesinha de centro e esqueceu dos balões, que subiram e encostaram no teto. — Os jornais locais estão usando aquela foto em que você tá muito gatinho. Vai chover mulher em você!

— Muito gatinho? — Larguei as chaves no armário, revirei os olhos e franzi as sobrancelhas pensando em que foto podia ser. — Qual?

— Ah, aquela que eu tirei naquele restaurante chique. — Colocou a mão sobre o peito com o dedinho empinado para cima e fez cara de fresca e um biquinho para imitar um sotaque francês. — O *restaurrantê*.

Levei as mãos ao rosto e esfreguei para ver se eu acordava. Então, fui de um lado para o outro, porque não sabia o que fazer com o meu corpo dentro da minha própria casa.

— Desculpa, Olívia. Tô meio choque.

— Afe, supera, porque *tá* acontecendo. De verdade. — Inclinou a cabeça, apoiou-a no encosto do sofá e olhou para mim sorrindo. — Se a Trave não bancar sua ida para a França, banco eu. — Ela riu do mesmo jeito que fazia antes, como se nada tivesse acontecido. — Aí, você vai ter a obrigação de me mandar fotos de todos os *restaurrantês* de lá.

— Obrigado, mas não sei se vou.

Sentei-me ao lado dela, que pegou o celular para ver alguma coisa. Aproveitei que ela havia pegado primeiro e dei uma olhada nas minhas notificações, porque queria muito encontrar uma mensagem de Ananda querendo dar aquele beijo tanto quanto eu.

— Como assim *não sei se vou*? — Olívia questionou e se levantou para atender a campainha escandalosa do meu apartamento. — Tô dizendo, você só pode ter batido a cabeça!

— O Menelli me procurou agora há pouco, e eu disse que não posso aceitar o emprego de volta.

— Eu vou é te dar uma surra. — Abriu a porta, e a mãe dela entrou. — E ainda vou chamar minha mãe pra ajudar.

— Surpresa!

Dona Beatriz entrou com um sorriso que parecia muito mais forçado do que realmente alegre. Seu rosto estava mais abatido do que da última vez que tínhamos nos visto. As rugas mais profundas denunciavam a violência do tratamento.

— Passei na pizzaria aqui perto e pedi para entregarem uma de filé com batata-palha e outra de quatro queijos! O vinho eu mesma trouxe: duas garrafas de um Cabernet chileno dos deuses. Temos que comemorar o prêmio do Daniel!

— Ainda não ganhei, dona Beatriz...

Com os braços abertos, fui cumprimentá-la e pegar as garrafas de vinho que eu não sabia se estavam pesadas demais para ela carregar. Sua aparência era tão frágil, que me assustou um pouco.

— Vou arrumar a mesa — disse eu. Tentei ser o mais natural possível. — Liguem a TV ou coloquem uma música enquanto dou um jeito nas coisas. A casa é da senhora, dona Beatriz.

— Obrigada, filho. — Ela se apoiou no armário da entrada, respirou fundo e foi em direção ao sofá. — Já sabe a data da viagem?

— Não sei se vou — respondi da cozinha, enquanto pegava três pratos, talheres e taças. — Acho que vou desistir da competição.

— Como assim? — Dona Beatriz sentou-se ao lado da filha e deixou a bolsa no chão. — Olívia me disse que esse era o seu sonho?

— Ele bateu cabeça, mãe. — Olívia girou o dedo indicador perto da cabeça diversas vezes, me observando da sala, que não era muito longe da cozinha. — Tá doidão!

— Não é exatamente isso. É só que, sei lá, eu tô em uma fase diferente da vida.

A campainha escandalosa tocou novamente. Corri para a porta e peguei as pizzas para que a mãe de Olívia nem pensasse em se levantar para fazer esforço.

— Sei lá, outras prioridades — completei.

— Que prioridades? — dona Beatriz perguntou, servindo-se da primeira fatia de pizza. — Vai largar a publicidade?

— Não. — Engoli o primeiro pedaço sem mastigar. — Mas vou focar em projetos menores, sem grande glamour, que me deem espaço pra fazer o que me deixa feliz de verdade, sabe?

— E o que tem deixado você feliz? Quais são as novidades?

Olívia colocou a mão sobre a minha e eu estremeci. Velhos hábitos, velhos hábitos. Eu estava em outra, mas senti como se tivesse sido adestrado a ter reações específicas à presença de Olívia.

— Ah, não muito. Só tô mudando minha rotina: lugares diferentes, trabalho diferente... Nada de especial. Mas eu tenho sorrido muito mais. E tô feliz assim.

Tentei me proteger da presença dela com uma ofensiva leve, porque precisava sobreviver àquela tempestade disfarçada de mãe e filha. Estaria o furacão Olívia pronto para atacar?

— Esse brilho nos olhos não engana ning...

Dona Beatriz começou a tossir. Olívia se levantou e colocou a mão nas costas da mãe, que se levantou e foi ao banheiro.

— Faz tempo que ela tá assim? — perguntei quando a porta se fechou.

— Umas duas semanas, mais ou menos.

— E o tratamento?

— Segue igual, sem evoluções. — Olívia baixou os olhos e brincou com a borda da pizza no prato. — Olha, sei que as coisas não estão bem entre a gente e que pareço uma idiota fingindo que nada acontec...

— Não se preocupe — interrompi e larguei os talheres.

Seus olhos se encheram de lágrimas.

— Amigo é pra essas coisas — concluí.

— É só que ela tá numa situação delicada. O tratamento não tá surtindo muito efeito... — Ela levou as duas mãos ao rosto e esfregou os olhos. — Achei que daria conta de tudo sozinha, mas não dei. E ela tá indo embora aos poucos... É como se o corpo dela estivesse evaporando na minha frente e eu não pudesse fazer nada. Nada. — Olívia suspirou e encarou o teto, depois voltou para o prato, evitando me olhar. — Não sei o que fazer. Se ela realmente se for, só terei você no mundo.

— Não é assim... Existe um monte de gente que gosta e se preocupa com você. E mais, ela vai se curar. Certeza.

— Nenhuma pessoa se preocupa comigo ou me conhece como você. — Ela enxugou as lágrimas com um dos guardanapos de papel que eu havia trazido para a mesa e tomou um grande gole de vinho. — Sem contar que ela só tem a mim e a você. Ninguém mais nessa cidade sabe da existência dela.

Ouvi o barulho da descarga.

De uma forma que não sei explicar direito, aquilo foi o bastante para me fazer voltar para o mundo real. Olívia tinha realmente ido à minha casa e estava na minha frente, pedindo ajuda para lidar com a perda da mãe, que estava ali, mas não por muito tempo, era óbvio. Durante o jantar, eu havia me pegado observando Beatriz que, entre uma garfada e outra, foi perdendo as cores e as forças, como se não conseguisse mais se apegar ao mundo ao seu redor.

O que eu tinha que fazer?

De repente, aquilo tudo — Menelli, Cannes, a possibilidade de ter que trabalhar com Ulisses novamente, Olívia e a mãe dela — era o mundo me mostrando que eu ainda não tinha terminado de resolver minhas pendências. Não adiantava pular no barco da Ananda e ligar o foda-se.

Mas será que eu queria voltar para aqueles lugares escuros? Será que eu queria ficar novamente naquele estado de eterna asfixia? Será que, se eu tivesse meu superpoder de fechar furos de enredo, eu faria alguma coisa?

A única coisa de que eu sabia era que alguém precisava de uma ajuda que eu não podia negar.

Por mais que quisesse esquecer o meu passado, essa parte minha continuava viva e pulsando, assim, estenderia minha mão e faria o possível.

Só esperava sobreviver ao processo.

O NOSSO PROBLEMA SEMPRE FOI VARRER NOSSA PRÓPRIA POEIRA PARA DEBAIXO DO TAPETE.

"THE TROUBLE WITH US",
CHEAT FAKER FEAT. MARCUS MARR

18

Depois de me despedir de Olívia e dona Beatriz, deitei no sofá e fiquei olhando fixo para o teto durante uns quinze minutos, tentando processar o que estava rolando.

Em dois meses, as tragédias que se acumulavam na minha vida tinham virado tudo de ponta-cabeça, mas eu tinha sobrevivido e estava indo em frente. O problema era: como lidar com aquela bagunça toda que havia ocorrido em pouco mais de uma hora?

A única coisa que consegui fazer foi olhar para o espaço aparentemente vazio do meu lado e reclamar com o meu anjo da guarda — que não respondeu.

Caí na real quando o celular vibrou no meu bolso. Era Olívia: *Obrigada por hoje. Desculpa por aparecer como se nada tivesse acontecido.*

Respondi: *Tá tudo bem. Contem comigo*, porque foi a única coisa que consegui digitar. Olívia e eu não estivávamos bem, mas era o certo a se fazer.

Abri o Spotify, procurei uma *playlist* de fossa e coloquei no aleatório. Imediatamente, abri minha conversa com Ananda. Pelo horário, ela ainda estava no bar, onde eu também gostaria de estar. Digitei: *Quando fechar aí, dá um pulo aqui em casa. Queria conversar um pouco, sei lá. A gente pode beber alguma coisa.* Mandei.

Pouco depois da meia-noite, quase caí do sofá com o barulho da campainha escandalosa.

— Estava dormindo, princesa? — Ananda sorriu e passou a mão pelo meu rosto. — Não vou nem te culpar por não ter respondido à mensagem que eu mandei. Toma aqui, ó... — Ela me entregou uma sacola com três litros da cerveja que tinha me levado a Cannes. — Vamos tomar umas.

— Até você me lembrando disso hoje? — Brinquei. — Vamos beber essa porcaria ou jogar no ralo?

— *Pelamor*, nem pense em uma coisa dessas! — Ela riu, arrancou a sacola da minha mão e foi em direção à cozinha, sem a menor cerimônia, o que me fez sorrir. — Era a única marca que tinha em garrafa, tá? Ou você preferia que eu tirasse dois litros de chopp e colocasse em uma garrafa de Coca-Cola?

— Tudo bem, tudo bem — respondi, soltei uma leve risada e fui até ela para procurar um abridor nas gavetas. — A gente esconde o rótulo enquanto bebe.

— Como você tá?

Enquanto eu guardava as outras na geladeira, Ananda foi até a sala com uma garrafa e dois copos. Sentou-se no sofá e procurou meus olhos, que responderam com o sorriso que crescia de dentro do meu peito. Joguei-me ao lado dela, finalmente sentindo o cansaço que havia se instalado nos meus músculos por causa de tudo o que havia acontecido. Era como se a presença de Ananda funcionasse como um calmante e não fizesse minha cabeça ficar tentando racionalizar tudo. Com ela, o que tínhamos era aquilo e só. Nada mais.

Peguei o copo que Ananda havia enchido para mim, bati no dela de leve e tomei um longo gole. A cerveja desceu com um gosto estranho, de passado.

— Hein? — Ela me cutucou com o cotovelo. — Para de viajar aí. Como você tá?

— Ah, tô meio perdido, acho — respondi, sincero, tentando tirar o gosto de passado da boca. — Mas quem não tá?

— Como foi a conversa com aquele senhor lá? Ele é um parente ou alguma coisa assim?

A familiaridade que ela exalava me convidava a me abrir, mas eu estava cansado, muito cansado. Só desejava retomar de onde a gente tinha parado antes de Menelli chegar. Um beijinho despretensioso já salvaria minha noite.

— Ele é meu ex-chefe.

— Ah... — Ela tomou um gole de cerveja, virou-se de lado no sofá para me ver de frente e apoiou o cotovelo no encosto, como se estivesse prestes a me ouvir pela noite inteira. — Você nunca me contou essa história... — Ela sorriu e cutucou meu ombro com o dedo indicador. — Não tô com pressa...

— Tem certeza de que quer ouvir? É um dramalhão mexicano.

Do nada, a sala se encheu de assombrações. Ulisses, Menelli e, claro, o fantasma de Olívia, sentado no balcão da cozinha, me olhando como se eu estivesse prestes a traí-la. Mas... Como a gente trai alguém com quem nunca teve nada? Chacoalhei a cabeça para me concentrar em Ananda, que era de carne e osso.

— Opa! Adoro uma novela.

— Olha, em resumo: meu melhor amigo me incriminou de roubar uma luminária. Fui demitido por isso — resumi, para não voltar pro fundo do poço. — Nisso, *bye bye* sonho de Cannes. Poucos dias depois, pra piorar, briguei com a Olívia, que eu julgava ser o amor da minha vida.

— Que *bad*, hein? — Ananda bagunçou meus cabelos com um carinho leve, que quase me fez esquecer das aparições que continuavam rondando a sala. — Você tá melhor agora?

— Bem, sei lá. Estava melhorando... Daí, o mundo caiu na minha cabeça de novo... — Tentei ser o mais sincero possível. Os olhos dela me devoravam. — No mesmo dia, recebo um convite para voltar para a agência e... — Parei por ali, evitando puxar a conversa para falar de Olívia, cujo fantasma havia sentado entre nós no sofá.

— Isso é maravilhoso! Não é?

— É, sim, mas não sei se quero aquela vida de novo, sabe? — Encarei-a e coloquei sua mão direita entre as minhas. — Tenho me sentido tão mais vivo sem a Trave. Sem o drama de tantas coisas...

— Daniel, olha... O que te deixa vivo é o que você sente do lado de dentro e não o que você tem do lado de fora. — Ananda se aproximou e sorriu. — Você tá inseguro. Se agarra às coisas que te fazem bem e se joga. Não adianta ficar se protegendo de tudo, viu?

O sorriso dela me desarmou.

Do fundo do poço para onde eu tinha pulado de novo, Ananda brilhava. Seus olhos me chamavam e me garantiam que tudo ficaria bem. Suas mãos esquentavam as minhas como se eu nunca houvesse sentido calor antes e me ajudavam a subir de um jeito tranquilo, fácil até. Em outras palavras, ela era uma corda, uma corda muito mais bonita do que eu podia imaginar.

— Ananda, a gente mal se conhece, então já peço desculpas, mas acho que você tem sido meio que um porto seguro pra mim...

Suspirei e procurei evitar os olhos dela. Não queria começar com a mancada que eu tinha dado com Olívia, então fui sincero, ainda que isso pudesse fazer com que tudo desse errado.

Ananda colocou seu indicador debaixo do meu queixo e me trouxe na direção dela. Obedeci como se não tivesse outra opção, porque o corpo dela me puxava e eu não conseguia resistir.

Eu não *queria* resistir.

Tudo nela prometia coisas boas, então acreditei.

E me rendi.

Nosso beijo foi doce.

Calmo.

Real.

— Se você precisar de um porto seguro... Pode ficar sossegado que passo aqui mais vezes pra gente repetir esse beijo.

Só consegui responder com outro.

Ela sorriu, passou de leve a mão no meu rosto e beijou o canto da minha boca. Seus olhos brilhavam tanto, que eu esperava muito que fossem um reflexo da luz que ela havia plantado em mim, porque eu queria que ela visse, que ela tivesse certeza do quanto mexia comigo.

Ananda estava me mostrando que existia um outro Daniel dentro de mim, um Daniel muito mais calmo, centrado, sincero.

E quer saber?

Eu estava gostando muito dele.

VOCÊ CHEGOU PARA ME DAR UMA CONSCIÊNCIA SOBRE OS CAMINHOS PELOS QUAIS MEU CORAÇÃO CAMINHAVA.

"BREATHE", SEAFRET

19

Acabamos dormindo no sofá meio tortos, meio perdidos um no outro. Não, não foi uma noite como a minha e a da Olívia. Eu me lembrava de tudo. Conversamos, terminamos de beber as cervejas, vimos TV e, lá pelas tantas, pegamos no sono.

Levantei devagar para passar um café. Parei por alguns instantes entre a cozinha e a sala, observando o rosto dela e tentando entender a sensação que havia se alojado em mim. Como eu podia ter vivido tanto tempo sem certezas? Como eu não tive coragem de perguntar à Olívia o que tinha acontecido entre a gente naquela noite? Tudo teria sido tão mais simples. A gente teria namorado ou não e, caso tudo tivesse dado errado, bola pra frente, era a vida. O baile seguia.

Olhei ao redor, mas não vi nenhum fantasma. No meu peito, não havia nenhum peso. O apartamento estava cheio de um silêncio confortável, que não precisava ser preenchido para evitar constrangimento. Ela havia chegado e se encaixado nos espaços vazios da minha casa e do meu coração, e isso não me incomodava. Na verdade, era bom.

Era bom não ter que me reinventar com medo de perder alguém.

Da cafeteira, o aroma intenso subia da bebida fumegante e se misturava com o perfume dela, que havia ficado na minha camiseta.

Fechei os olhos para senti-lo melhor e me encostei no balcão, esperando.

O novo Daniel, que não estava se importando com a cara amassada ou com as remelas nos olhos, estava abrindo mão dos pequenos rituais bestas que havia criado para agradar todo mundo.

— Bom dia, flor do dia — Ananda entrou descalça na cozinha e beijou meu rosto. — O cheiro tá bom.

— Cheiro bom é o teu. Misturado com café, então... — disse e beijei-a no pescoço.

Não acreditei que tinha tido coragem para responder daquele jeito, ainda mais eu, o cara todo controlado, que tinha medo de dizer qualquer coisa mais espontânea.

Comemos encostados no balcão. Eu mastigava minha fatia de pão com manteiga e sabia, sem ter que olhar, que ela segurava a xícara de café com as duas mãos e que assoprava com um bico que não era forçado, era apenas o que era.

Tudo ao meu redor parou quando levei o dedo à boca para lamber um restinho de manteiga. Havia guardanapos e a torneira estava a menos de um metro de distância, mas eu preferi lamber. Lamber! Eu, Daniel Carboni, não havia me importado com a presença dela e não estava preocupado se ela ia me achar grosso ou sem educação. Há quanto tempo eu reparava nos trejeitos das pessoas exclusivamente para saber o que elas pensavam ou sentiam e escondia os meus para me proteger?

— E aí? — Ananda me empurrou de leve com o quadril e foi até a pia para deixar a caneca de café. — Já decidiu se vai ganhar Cannes ou se vai desistir para dar uma chance aos outros competidores?

— Não sei ainda, para dizer a verdade. — Juntei o resto da louça e fui até a pia. Abri a torneira, ensaboei a esponja e continuei, sem olhar para ela, porque ela estava lá e isso era suficiente: — É complicado.

— Meu bem, deixa pra lá essa mania de complicar as coisas simples. Era teu sonho, não era? — Ela se apoiou no balcão e se abaixou para chamar minha atenção, e o brilho de seus olhos me invadiu num susto. — Por que você tá pensando se vale ou não a pena? É tão óbvio!

Claro que era óbvio, disso eu não duvidava. O problema era que eu havia passado a desejar um Leão na prateleira e um asterisco dourado no currículo para impressionar Olívia com uma possível estabilidade financeira que me tornaria um cara respeitável. Será que era isso que eu queria mesmo?

Não tinha a menor noção.

— Helloooo! — Ananda estalou os dedos e me puxou de volta para o mundo real. — Não sai viajando aí pro País das Maravilhas, que o assunto é sério. Pensa na tua carreira.

— Eu sei. — Baixei os olhos, terminei de enxaguar as canecas e coloquei-as no escorredor. Sequei as mãos, virei de costas para o balcão, cruzei os braços na barriga e me encostei, quase emburrado. — Mas será que me tornar o imperador da porra toda por um ano valeria tanto assim? Sei lá. Acho que não mudaria muita coisa, só aumentaria o trabalho.

— Não vou ficar insistindo, porque acho que você ainda tem que remoer essa ideia por um tempo. Fica bem. — Ela beijou minha testa de leve, foi até a sala, pegou as coisas que havia deixado perto do sofá e foi na direção da porta. — Vou nessa, porque senão a faxineira chega, vê tudo trancado e só volta no mês que vem.

— Que fina! — Sorri e fui na direção da porta para poder me despedir direito. — Acho que vou para Cannes só para conseguir pagar uma também.

— Besta! — Ela me abraçou e saiu pela porta. Do corredor, disse: — Depois eu te ligo, tá bom?

— Vou esperar!

— Você nem vai ter tempo pra isso, vai por mim. — Ela piscou de uma maneira que me fez derreter.

Ao fechar a porta, dentro de mim, eu tinha certeza.

Eu ligaria antes.

SE VOCÊ ENTENDESSE O VALOR QUE TEM PARA MIM NUNCA PENSARIA DUAS VEZES SOBRE O BEM QUE FAZ AO MUNDO.

"LOVE WILL SET YOU FREE", KODALINE

20

Liguei para Ananda no tempo que achei que demoraria para ela chegar ao carro. Queria dizer a ela o quando havia gostado de passar aquelas horas com ela.

Infelizmente, eu também sabia que não daria para morar naquele mundo cor-de-rosa. Tinha que conversar com Menelli para entender melhor a proposta dele e continuar correndo atrás de outros freelas, caso as coisas não dessem certo. Ananda também se enrolou com a rotina do bar, então nos encontramos quatro dias depois.

Cheguei ao lugar marcado, e ela já estava lá, brincando com um gato amarelo em um banco na calçada. Dei um beijo de leve no rosto dela e acariciei a cabeça do bichinho, que fechou os olhos ronronando.

Ananda me abraçou, então pegou minha mão e me levou em direção aos bares que ficavam por ali.

De mãos dadas com ela, era como se nada houvesse além daquele momento.

Não havia Cannes, Menelli ou Olívia e Beatriz.

Era ótimo.

Eu sabia que os problemas continuavam existindo, mas conseguia estar com Ananda sem ter um ataque por causa deles.

Como estava começando a chover, ela me puxou para dentro do primeiro bar que viu. Escolhemos uma mesa perto da parede, pegamos os cardápios e ficamos jogando conversa fora até o garçom chegar.

— Daniel, olha... Desculpa. Sei que a gente mal se conhece e que não tem nada oficial, mas é exatamente por isso que vou te contar — Ananda confessou logo que o atendente sumiu. — Por respeito e por eu ser muito sincera. Tô meio mal porque o Antônio, um ex, apareceu querendo conversar.

— Ananda, não precisa se desculpar. Se tem uma coisa que eu *amo* no tempo que a gente passa junto é exatamente isso. A honestidade, essa possibilidade de a gente ser autêntico um com o outro.

Coloquei a mão sobre a dela como se quisesse defender meu território. Ao mesmo tempo, estava feliz por ela ter me contado. De repente, ouvindo o que ela tinha a dizer, talvez eu conseguisse tocar no meu lance com a Olívia. Ela merecia saber a verdade, saber o que estava acontecendo dentro de mim também.

— E como foi? Você veio me encontrar para me dar um fora porque vocês voltaram?

— Não, bobo. — Ela riu. — Não voltei com ele, mas conversamos. Ele sempre foi um fantasma na minha vida, aquele relacionamento que não deu certo e para o qual eu sempre voltava de tempos em tempos para ver se rolava, se a gente tinha mudado e, naquele momento, funcionaria, sabe? — Pegou um palito, quebrou no meio e ficou brincando com as metades. — Sei lá...

— Por isso que você sumiu esses quatro dias? — perguntei e me abaixei um pouco para procurar os olhos dela, que continuavam na mesa e nos palitos, que ela empurrava para lá e para cá. — Não que tenha nenhum problema... Só tô preocupado. Nunca te vi com essa cara...

— Ah, Daniel... O Antônio, durante muito tempo, meio que foi o homem da minha vida. Meu primeiro namorado de bastante tempo... — Ela apoiou o cotovelo na mesa e o queixo na mão, tomou um gole de vinho e continuou: — Então, não sentir o coração balançar quando a gente se encontrou e não querer pular em cima dele foi muito estranho. Claro, tem você... — Ela colocou a mão sobre a minha e sorriu, como se fosse um prêmio de consolação. — Mas tem eu também. Tô tentando entender o que aconteceu. Acho que meu relacionamento com ele era... Sei lá... Um animal estranho de estimação que eu mantinha em uma gaiola. É bizarro olhar pra gaiola e ver que tá vazia, sabe?

— Sei bem como é.

— Não vou dizer que nos resolvemos e terminamos tudo... — Suspirou e voltou a brincar com os palitos. — Mas por enquanto resolvemos dar um tempo no nosso "problema".

Fixei os olhos no meu gim-tônica, nas gotas que escorriam, e olhei para o lado de fora. Uma chuva forte caía e lambia as enormes janelas do terraço perto de onde havíamos nos sentado. O vento balançava as poucas árvores que havia nas calçadas. Tomei um gole e senti uma coisa se avolumando na minha garganta, o fantasma de Olívia batendo na janela e pedindo para eu deixá-la entrar.

— Também tenho meu "problema" — vomitei, sentindo o gosto amargo do gim que eu tantas vezes havia trocado por Aperol, porque Olívia achava melhor. — Problemão, aliás.

— É a moça do bar, né? — Ela cruzou os braços sobre a mesa, desistindo dos palitos, e ficou observando a tempestade. — Ou não? Desculpa te interromper.

— É ela, sim. — Pedi outro gim-tônica para o garçom e engoli de uma vez o restinho que havia no copo. A luz piscou com um trovão que chacoalhou nossa mesa. — Em resumo, éramos amigos, brigamos por um motivo besta. Ciúmes meus. — Suspirei e olhei para o teto, tentando encontrar as palavras certas. — Aí, descobrimos que a mãe dela tinha câncer. Fui até meio intrometido querendo ajudar durante o tratamento e tal, coisa que as duas tinham que fazer sozinhas e eu não tinha nada a ver, sabe?

— Ah, você estava tentando ajudar. — Ananda rodou o vinho na taça, recostou na cadeira e passou a me observar mais de longe, com o cotovelo apoiado no braço. — Às vezes, a gente se intromete demais, mas só porque gosta demais mesmo. Não é culpa sua. Acho que eu, sei lá, talvez fizesse coisas do gênero. Mas continua.

— Então... — Voltei a atenção novamente para as janelas. O fantasma de Olívia ainda flutuava, perdido nos ventos da tempestade, indo para lá e para cá. — Lembra do dia da roleta, quando meu chefe aparecendo no bar e tal?

Voltei a olhar para Ananda tentando juntar forças para contar tudo, mas a garganta não cooperava, e as palavras rodavam dentro de mim como as folhas perdidas na chuva lá fora.

— Então... Naquele dia, cheguei em casa e pá! Olívia estava me esperando na porta, como se nada tivesse acontecido. Apareceu com balões coloridos, pizza, vinho e a mãe à tiracolo, que estava muito mais debilitada do que eu queria que estivesse.

— O tratamento não tá funcionando?

— Acho que não, não sei. — O garçom colocou minha bebida na mesa. Tomei um gole. — O que sei é que, às vezes, queria que elas desaparecessem da minha vida. Não aguento esse some e aparece. Esse vive e morre. Esse quero e não quero. Ela quer e não quer. Ah... — Suspirei e olhei novamente para a janela. Não queria encarar Ananda. — Nem sei o que *eu* quero. Se quero alguma coisa.

— Daniel, sinceramente? — Ela levou a mão ao meu queixo e fez com que eu a encarasse. — Até onde eu sei, ninguém tem certeza do que quer na maioria das vezes e, quando tem certeza absoluta, também pode mudar de ideia de uma hora para a outra. Ninguém é obrigado a nada. A gente fica com os outros pelos sentimentos que a gente tem, nada mais. Quero dizer, deveria ser assim.

— Ai, Ananda, tá foda.

— Bebê, numa boa? — Ela sorriu. — O que tiver que ser vai ser. Cedo ou tarde, você vai descobrir o que quer. Isso aqui... — Apontou para ela e para mim e colocou a mão sobre a minha que apertou de leve. — Tá acontecendo porque faz com que a gente se sinta bem, não é? Hein? — Ela sorriu e eu concordei com a cabeça. — Pois bem. Enquanto a gente estiver fazendo bem um pro outro, a gente vai estar bem. Desde que seja honesto e converse sempre que um problema aparecer... — Ela riu. — Ou dois problemões apareçam, como o Antônio e a Olívia.

— Ai, Ananda, só você mesmo, viu.

— Se a situação tá foda, a gente segura a onda junto até quando der. Até quando segurar a onda junto estiver sendo bom para nós. — Ela sorriu e apontou para o meu celular em cima da mesa. — Não deixe de conversar com a Olívia por minha causa. Pergunte da mãe dela, faça o que o teu coração pede.

— É?

— Claro que é. — Ela sorriu novamente, colocou a taça sobre a mesa e se inclinou na minha direção. — Eu não vou me anular pra ficar com você. Se eu tiver que conversar com o Antônio ou voltar com ele, vai acabar acontecendo. Naturalmente. E tem outra. Você tem tua vida. A gente tá junto porque é legal, mas existe o mundo lá fora. — Ela apontou com a cabeça para a janela. — E a gente tem que viver nele, Daniel.

Terminamos nossos drinques e nos despedimos na porta. A chuva forte havia se transformado em uma garoa leve, que caía sobre os cabelos dourados de Ananda bem devagar. Depois de nosso abraço, ela se afastou, e eu fiquei observando, parado no meio da calçada. Ananda andava leve, pulando as poças que sobraram, iluminando o caminho e o mundo ao redor dela. Perdido em seus movimentos, sentindo os pingos molhando minha camiseta, entendi que, com Ananda, eu conseguia ver e me ligar melhor à poesia do mundo.

Depois dela, eu podia flutuar, se quisesse.

Mas não por ela.

Ananda não era minha tábua de salvação. Não. Ananda era uma guria, e eu também era só um moleque crescido. Não estávamos juntos para um salvar o outro, mas porque era bom, porque não tinha drama.

Olívia era meu drama, minha ópera inacabada.

E eu tinha que dar um jeito nisso.

Escrever os últimos acordes.

Então, peguei meu celular e escrevi: *Tá tudo bem com a sua mãe?*

Guardei-o de volta no bolso e andei para casa, perdido no brilho das luzes que se acendiam no começo da noite na cidade. Eu, Daniel Carboni, de carne e osso, e não um fantasma criado para agradar alguém.

VOCÊ PARECE NUNCA TER SE PREOCUPADO COM O QUE EU SENTIRIA COM O SEU VAI E VEM NA MINHA VIDA.

"FAST CAR", TRACY CHAPMAN

21

Decidido a resolver as coisas, fui para o meu prédio, peguei meu carro e fui pra casa da Olívia sem medo, porque o meu lance com ela ultrapassava o que eu tinha com Ananda. De uma forma ou de outra, enquanto as coisas não se resolvessem, não haveria um *eu e Ananda* sincero, sem máscaras, sem o fantasma da Olívia voltando para aparecer nos lugares mais inventados.

Estacionei na frente do prédio dela e entrei no aplicativo de mensagens. Olívia ainda não tinha visualizado minha mensagem e havia ficado *online* por último uma hora antes de eu ter enviado. Encostei a cabeça no banco e fechei os olhos, tentando me acalmar. Olívia podia não ter lido minha mensagem por uma série de motivos, mas eu teimava em achar que era por causa de dona Beatriz. Devia ter acontecido alguma coisa.

Apertei a campainha e me encostei ao lado da porta. Na minha cabeça, diversos cenários giravam descontrolados: estavam tomando banho, estavam dormindo... estavam no hospital.

Toquei a campainha outra vez.

Passos.

— Oi. — Olívia disse, colocando a cara para fora da porta. — Tá tudo bem?

— Eu que te pergunto — respondi, encarando-a fixamente. — Custava ter respondido minha mensagem ou aberto a porta no primeiro toque na campainha?

— Desculpa, não vi que você tinha escrito. — Afastou-se para que eu entrasse. — Deixei o celular carregando no quarto, aí, fui pra cozinha lavar louça. O Spotify estava no último volume, acho que acabei não te ouvindo.

— E tua mãe? — disse, indo como sempre em direção à sala, onde todas as luzes estavam apagadas, exceto o abajur sobre a mesinha lateral. — Como ela tá?

— Melhorou um pouco nos últimos dias, mas ainda anda um pouco fraca, comendo pouco... — Sentou-se no sofá sem acender as luzes, baixou o olhar e continuou, meio engasgada, meio sem voz: — Nosso tempo tá passando... Acabando...

Aproximei-me dela no sofá e peguei sua mão. Acariciei seu braço, esperando que pudesse oferecer algum tipo de consolo, mesmo sabendo que, muitas vezes, as palavras eram inúteis.

— Você não deveria pensar assim... Você sabe que há chance de cura.

— Ah, Daniel...

Ela se levantou, como se minhas palavras a incomodassem. Foi até a cozinha, acendeu a luz da sala e trouxe dois copos d'água, que colocou sobre a mesa de centro. Tomou um gole, namorou o teto e, depois, me olhou de um jeito sério, que eu não conhecia.

— Minha mãe tá mal. Pode ser que não acorde amanhã. — Tomou outro gole de água e começou a andar, lentamente, de um lado para o outro, falando baixo: — Fora que tem aquele período que antecipa a morte, né? As pessoas melhoram por uns dias e, depois, *pum*, morrem de uma hora pra outra. Sou bem realista, Daniel. — Ela deu uma risada irônica e voltou a sentar-se ao meu lado. — Você sabe que não acredito em milagres.

— Pois deveria! — Bati palma para ver se ela reagia. — A vida tá passando, e vocês duas estão deixando ela correr para longe em vez de aproveitar.

— Para de besteira! — Ela me puxou pelo braço para que eu voltasse a me sentar. — Que mané milagre o quê? Isso é coisa de filme. Não tenho essa fé sua e não me faz, ó, falta nenhuma. Nenhuminha mesmo. Desculpe a sinceridade.

Fiquei olhando para ela sem reação, porque ela nunca havia sido tão sincera com relação à minha religiosidade. Tomei um gole d'água para evitar brigar e respirei fundo.

— E tem outra. — Levantou-se novamente e voltou a andar de um lado para o outro. — Apareci na tua casa, e você ficou com aquela cara de bunda. Agora, aparece na minha, me cobrando notícias na hora? Tá doido?

— Eu estava preocupado, Olívia. — Recostei-me no sofá e deixei minha cabeça cair para trás, todo torto. — Gosto muito de você e da tua mãe, você sabe.

— Ai, Daniel... — Ela suspirou, passou as mãos no rosto e chacoalhou a cabeça. — Desde a nossa briga... Sei lá. Não sei o que fazer com a gente. Aliás, não sei *o que* a gente é.

— Olívia... Sinceramente, eu também não sei...

— Sinto falta de conversar com você... — Ela me olhou, encostada na parede. — A gente era muito próximo, eu te falava sobre tudo... Agora... Não tenho Thomas, não tenho você... Nem minha mãe tenho direito.

— Olívia, olha... — Encarei-a, procurando alguma pista do que estava acontecendo. — Eu estava te dando espaço, tempo, liberdade. Você queria tempo com a sua mãe... Eu fiquei na minha, fui viver minha vida.

— Ah, mas liberdade em relacionamento é uma coisa. — Bufou e revirou os olhos. — Em amizade é outra. Parece que você bateu a cabeça. Você sempre me ajudava quando eu precisava, porra. Agora...

— Mas Olívia... — Respirei fundo e procurei não subir o tom de voz. — Quer dizer então que pra namorado é bom que o cara suma, agora eu, teu amigo, tenho que ser um cachorrinho pra você? É só estalar os dedos e puf, apareceu o Daniel?

— Para de ser idiota! — Ela veio na minha direção e se jogou no sofá. — Você sabe que eu gosto, que preciso conversar com você. Que preciso contar meus problemas...

— Pois é... Os teus problemas... Os teus problemas... — Levantei do sofá, peguei meu copo e fui para a parede ao lado da cozinha.

— No nosso relacionamento, só os teus problemas importam, cara. O negócio é o seguinte: sempre escutei tuas histórias com teus peguetes e teus problemas porque era a única coisa sobre a qual você sabia falar.

— A culpa é sua! — Ela me olhou com a cara fechada. — Ou você não tinha merda nenhuma pra falar ou fingia que não se lembrava das coisas.

— Do que você tá falando, Olívia? A culpa é minha? Não me lembro das coisas? — Revirei os olhos e procurei no teto alguma coisa que pudesse me ajudar. Voltei a encará-la e vomitei: — Eu me lembro de todas as bostas que você já me falou e é por isso mesmo que acho que você tá sendo injusta.

Deixei meu copo no aparador e fui me sentar na poltrona que ficava de frente para o sofá onde ela estava. Baguncei meu cabelo e passei as mãos pelo rosto, tentando colocar os pensamentos em ordem.

— E é por me lembrar de tudo que digo que você sempre quis ser o centro do universo no nosso relacionamento. Tudo era Olívia e seus namoradinhos. Quando eu me coloquei em primeiro lugar, por causa do lance todo com a Trave e com o Ulisses, a gente brigou. Que engraçado, não?

— Ah, a gente brigou por causa dos seus ciúmes. — Ela me olhou, com cara de ódio. — Porque você ficou noiado com meu celular.

— Sim, porque eu estava com um problema enorme e você estava preocupada com alguma coisa que eu não sabia o que era.

— Minha mãe estava... *está* doente.

— Sim, mas você não me contou. — Bufei. — Pra que contar para o Daniel, o cachorrinho de colo da Olívia? Quando eu quiser, quando eu estalar os dedos, ele vem correndo. — Ri, sarcástico. — Ah, Olívia, a fila anda. Você não é a única pessoa no universo.

— A fila anda? — Ela franziu as sobrancelhas e me olhou, séria. — Do que você tá falando?

— Ah... A fila anda. Andando. — Recostei na poltrona e cruzei as pernas. Olhei pela janela e observei a noite. A chuva ainda não tinha voltado. — Minha vida mudou completamente desde a nossa briga.

Não tenho mais como ser o Daniel de antes. Conheci uma guria que virou tudo de cabeça para baixo. — Respirei fundo e olhei pro chão, juntando coragem para continuar. — A gente não tem nada sério, pelo menos não ainda, mas é um lance sem drama, sem cobrança, sabe? Eu falo e ela fala. Ninguém é dono do relacionamento, como era com a gente...

— Nunca fui dona do nosso relacionamento... Ah... Não quero falar disso. Não vou brigar. — Baixou os olhos e falou com a voz pequena, quase num sussurro, com um olhar tão direto que quase me engoliu: — Mas isso é motivo para me jogar pra escanteio?

— Te jogar pra escanteio? — perguntei, irônico. Encarei-a firme, sem medo daqueles buracos negros sob suas pálpebras. — Mas, Olívia, veja bem... Bola que não tá em campo não vai pra escanteio, amiga.

Esperei uma resposta que não veio, que se perdeu no único ruído que ainda sobrevivia entre nós: o motor da geladeira.

— Olha... Não quero que as coisas entre a gente piorem mais do que já estão — eu disse —, não quero que nosso relacionamento se quebre em cacos ainda menores.

— Eu também não. — Levantou os olhos molhados e me encarou. — Mas eu não sei mais o que fazer. Tô perdida. Não sei como posso voltar a ser quem eu era, ao que tínhamos antes.

— Olívia... — Me aproximei e sentei ao lado dela. Tentei segurar suas mãos, mas ela as retirou de entre as minhas. — A gente não vai conseguir voltar pro passado. A gente se perdeu, mudou. Aliás, nem sei se você vai se interessar muito por esse novo Daniel, que você nem conhece direito.

— Tô vendo. — Ela me olhou de lado, como se me recriminasse. — Você não era assim.

— Olívia... — comecei e procurei os olhos dela, mas eles estavam em suas unhas, que ela cutucava sem parar. — Sinceramente? Acho que sempre fui assim, só que não mostrava para você, porque eu achava que tinha que ser quem *você* queria. Você sempre agiu como se eu fosse uma propriedade tua.

— Não é isso!

Limpou as lágrimas com a palma das mãos, foi até a cozinha e voltou com alguns guardanapos, que colocou sobre a mesa.

— Olha, sou possessiva, sim, mas sei lá. Só espero que você não coloque essa namoradinha no meio do que temos. A gente se conhece há mais tempo.

— Será que a gente se conhece mesmo, Olívia? — Olhei para ela de canto de olho, procurando entender o que estava acontecendo. — Eu acho é que a gente tem que se conhecer de novo. E quanto à Ananda...

— É Ananda o nome da sua namoradinha? — Revirou os olhos e bufou. — A-nan-da.

— E quanto à Ananda...

Ignorei o sarcasmo porque não estava a fim de entrar em uma discussão infantil, mas não deixei de sentir um leve chute no saco; afinal de contas, eu havia feito a mesma coisa diversas vezes com o nome do Thomas.

— Ela vai tomar o espaço que tiver que tomar na minha vida. O que tiver que acontecer vai acontecer. Aliás, se nossa amizade tiver que sobreviver, também vai.

— E o que a gente faz, então?

— Bem, podemos tentar aos poucos. — Vasculhei minha mente procurando alguma sugestão que não fosse completamente imbecil. — Vamos combinar o seguinte: apareço aqui uma vez por semana pra gente fazer alguma coisa, eu, tua mãe e você, pode ser? Aí, a gente se fala por mensagem quando precisar.

— Só quando precisar? — Ela ergueu o rosto para me olhar. Algumas lágrimas ainda escorriam, silenciosas. — Pode escrever sempre que quiser e aparecer aqui também, tá bom?

— Não, Olívia. — Respirei fundo, juntando paciência. — A gente tem que recomeçar de algum jeito e, por enquanto, a única coisa que sobrou entre nós é tua mãe. Se eu prometer que vou passar aqui a qualquer hora do dia ou da noite, vamos começar a alimentar uma ilusão que não vai dar certo. E se eu não vier? E o meu peso na consciência? E a tua raiva? — Peguei as mãos dela e as acariciei, sincero.

— Como você sempre quis com teus namorados, Olívia, tô sendo honesto. Te explicando exatamente o que posso fazer para que você não alimente expectativas que não vão acontecer.

— Tá. — Ela tentou sorrir. — Uma vez por semana.

Concordei com a cabeça.

Ao levantar do sofá, notei que alguma coisa estava diferente. Olhei ao redor e examinei as cores, as luzes, as texturas. Analisei os movimentos de Olívia, o jeito como juntou os copos e os guardanapos e deixou tudo em cima da pia da cozinha. Encarei de relance meu reflexo no espelho de moldura grossa e colorida que ficava em frente à porta do apartamento, mas não me reconheci direito.

Quando abracei Olívia, que ficou na ponta dos pés, procurei por aquele cheiro que havia habitado meus sonhos e pesadelos durante tanto tempo, mas não encontrei.

O que tinha mudado?

Eu ou Olívia?

Ou será que era a imagem que eu tinha dela, de Olívia, o farol, a sereia, a correnteza que me arrastava e me seduzia?

No caminho para o elevador, senti um frio na barriga. Será que eu estava pronto para enxergar Olívia por quem ela realmente era? No térreo, tive vontade de subir correndo para recuperar quem éramos antes, mas resisti.

Ao abrir a porta do carro e ligar o motor, tive certeza.

A Olívia que eu tinha amado durante tanto tempo não existia mais.

Talvez nunca tivesse existido.

Eu só precisava descobrir se teria paciência de descobrir quem ela era na verdade, o que me entristeceu profundamente. Será que eu conseguiria?

EU PRECISAVA DE UMA CORAGEM QUE ACHAVA QUE NÃO TINHA PARA SEGUIR EM FRENTE.

"MEMORIES", MAROON 5

22

Foram seis longas semanas entre o reaparecimento de Menelli, meu retorno à Trave e a data da viagem. Quando desembarquei, perto das quatro horas da tarde, não acreditava que não estivesse sonhando.

Com as pernas ainda dormentes por causa das quase doze horas na classe econômica, peguei o trem para Paris e fui atropelado pela diferença. A Terra era muito maior do que eu achava no meu mundinho de cidade pequena.

As pichações nos muros gritavam em uma linguagem muito parecida com as que eu via no Brasil. As cores vivas eram as mesmas, mas havia algo de diferente, uma barreira cultural que eu não conseguia ultrapassar. Sentado no banco próximo à janela, peguei meu celular e tirei o máximo possível de fotos. *Pum! Pum! Pum!* Instagram. Facebook. Precisava de provas de que realmente estava na França e queria me afogar naquelas imagens, me engasgar de tanto mundo que eu queria engolir.

O trem entrou na estação e, no momento em que coloquei os pés em Paris, percebi que não dava para voltar atrás.

Eu era mesmo finalista.

Finalista do principal prêmio de publicidade.

Do mundo.

Do mun-do.

Na porta da estação, tentando me achar entre os parisienses que entravam correndo e as ciganas que queriam ler minha mão, me lembrei de quando era pequeno, correndo e criando histórias pelos corredores da loja dos meus pais.

Acho que aquele guri se orgulharia de mim.

Menelli insistiu tanto, me ligou e me encontrou tantas vezes no bar, que acabei aceitando o convite dele. Basicamente, era por isso que eu estava na França, porque os freelas que eu andava fazendo não pagariam nem uma passagem de ônibus para a cidade ao lado.

Entre Paris e Cannes, eram oito horas de estrada. Quando o ônibus fechou as portas, mandei uma mensagem para Ananda: *É. Tô aqui. Cheguei bem. O frio na barriga não me deixa. Será que vou ganhar? Chego em Cannes e te escrevo. De repente, a gente consegue conversar um pouquinho.*

Coloquei o celular no silencioso, encaixei os fones no ouvido e me perdi na paisagem que escorregava pelo lado de fora das janelas. Tudo era tão diferente do que eu estava acostumado no Brasil. A cor do sol se pondo, as flores à beira da estrada... *Pum! Pum! Pum!* Instagram.

Guardei o aparelho na mochila e decidi esquecer um pouco das redes sociais. Aquele era um momento meu, e eu precisava vivê-lo sozinho para absorver a possibilidade da vitória e reconhecer que eu poderia perder. Perder.

Fechei os olhos, encostei a cabeça no banco e pensei em Ananda. Nosso relacionamento estava indo muito bem, mesmo que a gente ainda não tivesse sentido a necessidade de dar um nome para o que estávamos vivendo: ela não me controlava, e eu a deixava livre para fazer as coisas dela. No tempo que sobrava, a gente se curtia.

Estava ótimo.

Claro, para mim e para ela, porque discutíamos sempre esse tipo de coisa. Eu que não ia dar brecha para criar fantasmas como havia feito no meu lance com a Olívia.

E por falar em Olívia, nos vimos três vezes antes da viagem. Comprei umas comidas leves e levei para a gente jantar e assistir a alguma coisa na TV, porque dona Beatriz não andava muito disposta a nada. O câncer não estava dando trégua. Ela até chegou a fazer uma cirurgia, mas o tumor estava muito grande, então não deu para fazer muita coisa. Infelizmente, a cada vez que eu ia à casa delas, era como se dona Beatriz tivesse sumido mais um pouco do mundo. Acho que ela meio que tinha desistido de lutar, não sei. Na verdade, eu não sabia direito o que fazer, porque tentava ajudar, conversar, dar apoio, mas havia uma distância entre mim e elas, uma rachadura no relacionamento que não dava muita chance para eu me aproximar. Em resumo, eu fazia o que podia e, na maioria das vezes, não podia muita coisa.

O barulho dos passageiros desembarcando me acordou. Desci a escada ainda tropeçando nos meus bocejos, coloquei a mala no chão e me espreguicei, inspirando a maresia. Ao mesmo tempo em que queria correr, tirar os sapatos e me jogar na água para saber se tudo era verdade mesmo, também queria deitar na cama e apagar, porque a viagem tinha sido muito, muito cansativa.

Caminhei até o hotel, fiz *check-in* e acabei capotando abraçado à minha mochila.

Na manhã seguinte, fui para um café. Como ir pra França e não comer *croissant*? Com as mãos oleosas de manteiga, peguei o celular e instragramei tudo, porque eu ainda não tinha caído na real. Era bonito demais, gostoso demais para ser verdade.

Sem calcular muito a conta para não levar um susto, paguei e fui caminhar pela beira da praia. No píer, os iates e lanchas boiavam calmamente. O mar azul, tão azul que doía os olhos, chegava manso, como se nada existisse que não aquela paisagem, os turistas que chegavam, e as gaivotas que me observavam de cima dos mastros. Tudo era tão bonito e tão em 4K, que eu tinha medo de colocar a mão e ver que não era de verdade.

Quando vi os veleiros, gargalhei. Há menos de seis meses, aquela teria sido a vida ideal: eu e Olívia em Cannes, em um barco exatamente como aqueles, bebericando champanhe enquanto os peixes passavam por baixo de nós, sem nem reparar na nossa existência.

Que piada!

Sentei à sombra, tirei os sapatos e enfiei os pés na areia até cobrir os dedos. Meus óculos escuros me protegiam das outras pessoas, escondendo o brilho nos meus olhos. Mesmo não estando com a Olívia, eu estava lá, em Cannes. O vento chegava e beijava as folhas das palmeiras que me protegiam do sol e balançavam com um som suave de esperança.

Eu tinha que aprender a domar minha ansiedade, porque meu sonho de Cannes tinha virado do avesso. Olívia? A gente tinha brigado e mal se falava. Veleiro? Mesmo estando empregado novamente, eu ainda não estava cem por cento certo de que as coisas funcionariam na Trave quando eu voltasse. Champanhe? Eu daria tudo para poder tomar um bom gim-tônica, isso sim.

No meio das ruínas das minhas expectativas, as saudades da Ananda batiam no meu coração no ritmo tranquilo da espuma branquinha que chegava à areia. Afogado nessa felicidade besta de um *talvez*, eu estava sentado na praia de Cannes, prestes a deitar na minha toalha e tirar um bom cochilo, e isso era mais do que eu imaginava, porque era real.

Acordei assustado, com medo de ter torrado no sol. Analisei o estrago, mas não havia sido nada grave, só um leve rosa que provavelmente me daria um aspecto mais saudável e que eu estava precisando.

Como bom turista, juntei minhas coisas e fui almoçar algo que não tinha como dar errado: comida italiana.

No restaurante, me perdi entre o prato e a parede, tentando absorver todos os detalhes daqueles poucos dias. Minhas mãos brincavam com a toalha xadrez. As fotos penduradas me levavam a uma época em preto e branco, em que as pessoas pareciam ser mais felizes, pois todas sorriam. Todas.

Cercado de casais e famílias contentes que curtiam suas férias, não senti falta de ter alguém ao meu lado. Ananda era uma lembrança boa, que me fazia bem sem exigir nada em troca, nada que não esse *estar bem*. Olívia era um pedaço quebrado do meu passado, que não se encaixava mais direito no que eu era. Na verdade, não sabia nem se sobraria alguma coisa entre nós dois depois que a mãe dela se fosse, uma vez que era apenas dona Beatriz que nos mantinha unidos.

Com a barriga cheia de macarrão e os lábios molhados de vinho, me senti pleno, sem expectativas de futuro, mas também sem grandes ilusões sobre meu presente e meu passado. Eu era, apenas. E isso, naquele momento, me bastava.

Claro que tinha a ansiedade de não saber se eu ganharia o Leão, mas isso era o de menos. Eu já era um vencedor só de chegar até ali, de ter comido *croissants* legitimamente franceses no café da manhã, de ter enterrado meus pés na areia da Riviera Francesa e de ter enchido a pança com um macarrão à bolonhesa à la Cannes. Tudo isso era muito mais do que eu esperava fazer uns meses atrás.

Andando pelas ruas estreitas e cheias de surpresas, acabei entrando em uma loja de eletrônicos para comprar um chip provisório, porque não acreditava muito no plano internacional que havia contratado no Brasil.

Quando o sinal entrou, digitei uma mensagem para Olívia para testar a conexão: *Oi! Esse é meu número aqui na França. Comi em um restaurrantê muito bom no almoço. Como tá a tua mãe? Diz que mandei um beijo.*

Guardei o celular no bolso, coloquei meus fones de ouvido e continuei caminhando, escutando "All I Want", do Kodaline, que se materializava à minha frente pelos becos que serpenteavam entre as lojas: a escuridão depois do fim de um amor clamando por um pouco de luz.

As coisas haviam dado errado com Olívia; mas, de alguma forma, eu estava bem desse jeito. Talvez as ruas estreitas e íngremes de Cannes fizessem mais sentido justamente assim, comigo sozinho.

A resposta da Olívia interrompeu a música e os meus pensamentos: *Ela tá bem! Até quis sair pra dar uma volta na praça hoje, acredita? Come nesses restaurrantês por mim também. Quero saber tudo quando voltar! Bjssss*

Sorri e olhei para o céu. Foi estranho perceber que, de alguma forma, Ananda, Olívia e Beatriz estavam em Cannes comigo, compartilhando algum espaço imaterial da minha solidão, quem sabe até segurando minha mão, me dando forças para não ter um ataque de ansiedade e cair duro no meio daquelas calçadas chiquérrimas.

Andando sem rumo, sem a menor noção do que tinha que fazer quando voltasse ao Brasil, resolvi brincar com a sorte, com o destino e com o universo. Num impulso, fiz uma aposta mental: se vencesse a competição, voltaria à minha rotina com a Trave e com Olívia, mas, se perdesse, recomeçaria do zero.

Não era o método mais lógico para tomar decisões; mas, naquele momento, me pareceu o mais prático.

Ah, Cannes...

Quanto eu ainda precisaria sofrer para te merecer?

QUANDO EU ESTAVA A PONTO DE EXTRAVASAR TUDO O QUE SENTIA, MEU CORAÇÃO PAROU.

"DAYDREAMER", ADELE

23

Minha noite não foi das melhores. Cochilei e acordei, me cobri e me descobri. Sim, eu estava em Cannes, mas minha ansiedade não deixava nada ficar tão bom assim. Até os *croissants* que eu havia comido no café da manhã conversaram comigo a noite toda.

Na verdade, eu estava fodido e mal pago porque, quando acordasse, teria umas poucas horas para ter um ataque cardíaco antes de subir aquelas escadas e saber aquele maldito resultado.

Será que eu queria levantar da cama para ver se já havia amanhecido? Na minha cabeça, se eu ficasse trancado no quarto, o tempo pararia e eu nunca saberia o que aconteceu.

Desisti da minha ideia boba e resolvi enfrentar a vida.

No mundo real, nas ruas de Cannes, eu me perdi. As pessoas passavam e deixavam rastros de seus sorrisos, de suas despreocupações de férias. As mulheres se escondiam por baixo de seus chapéus de abas largas, decorados com grandes lenços coloridos. Seus bronzeados eram marcas de um momento eterno de felicidade, de uma plenitude que se bastava em guarda-sóis e *piñas coladas* à beira da praia.

Parado em frente a uma vitrine, observando meu rosto, notei que estava me deixando levar pelo meu superpoder de consertar furos de enredo. De dentro do poço da minha ansiedade, projetava nos turistas toda a vontade que eu tinha de ter uma vida perfeita, sem grandes solavancos. Aliás, solavancos, não. Sem grandes quedas em precipícios que apareciam do nada.

Besuntado de protetor solar até onde não precisava, mergulhei no mar. Fazia tempos eu não ia à praia, e a experiência do dia anterior não tinha sido suficiente para me satisfazer.

Em um abraço apertado, a água quente beijou minha pele e o sol me disse que as coisas ficariam bem. Embaixo daquela água azul e cristalina, meu corpo se desvencilhou de todas as inseguranças e nadou como se eu tivesse acabado de nascer. De olhos fechados, boiando sem me preocupar com o mundo ao meu redor, meu peito se encheu de felicidade, como se Deus estivesse falando comigo.

De volta à areia, sentindo o sal secar sobre meus lábios, coloquei meus óculos escuros e, imóvel, tentei perceber o tempo passar e o planeta girar. Naqueles poucos momentos de tranquilidade, era como se tudo estivesse parado, como se eu estivesse suspenso em um momento de plenitude sem Olívia, sem Ananda, sem Beatriz, sem Ulisses, sem Menelli, sem Trave, sem futuro desconhecido. Era só eu e a brisa balançando os coqueiros e carregando a areia. Era como se eu fosse parte do universo e não soubesse mais voltar a ser individual, limitado.

Na praia de Cannes, olhando o sol se pôr, eu me senti completo.
Sem paranoias.

Até que me lembrei de que a premiação seria em poucas horas. Muitos eventos interessantes aconteceriam antes da festa, mas eu não tinha cabeça para comparecer a nenhum deles. Seria uma ótima oportunidade para ver e ser visto e fazer contatos muito valiosos, mas meu inglês era quase inexistente, o que pioraria as coisas ainda mais.

A única outra vez em que me senti tão ansioso foi quando decidi me declarar para a Letícia. Era uma quinta-feira de verão. Estacionei o carro do meu pai na rua da casa dela e ambos abrimos os vidros, por conta do calor. Meus dedos batiam incessantemente no volante, e meus olhos sabiam que, no momento que encarassem Letícia, não haveria volta.

A única coisa que existia era Letícia ao meu lado, e meu coração pulsando em todas as partes do meu corpo ao mesmo tempo.

Eu ia explodir.

O toque da mão dela sobre a minha fez com que o mundo começasse a girar novamente, então arrebentei. Gaguejei coisas que eu esperava que ela entendesse, coisas que foram afogadas nos lábios dela, encostados nos meus, e que me fizeram estourar pelo bairro em fogos de artifício multicoloridos que ainda habitavam minha alma.

Como aqueles que brilhavam agora no céu, na abertura do festival.

Com a Letícia tinha dado errado. Será que esses também anunciariam a minha ruína?

O QUE VAI SER DE MIM?
NÃO SEI MAIS O QUE FAZER.
A QUEM RECORRER?

"WHEN WE WERE YOUNG", THE SWEET REMAINS

24

Eu queria ter estômago.
    Cabeça.
Dedos.
Voz.
Para explicar o que aconteceu, e o modo como o júri havia disparado um tiro de vazio no meu peito.
Em cheio.
No coração.
Quando a bala perfurou minhas expectativas, o mundo desapareceu ao meu redor. Contorno por contorno, cor por cor, tudo virou pó, cinza, nada.
Eu, Daniel Carboni, o grande top fodel da Trave, estava flutuando no espaço, sem nada em que me segurar, sem ar para respirar, sem voz para gritar.
De olhos fechados, sentindo as lágrimas queimando minhas pálpebras, ouvi o estrondo do meu passado — e do meu futuro — se espatifando ao meu redor. Meus sonhos, minhas esperanças, tudo espalhado no chão em cacos, caquinhos que só podiam ir para o lixo.
Eu não ganhei o Leão de Ouro.
Nem o de prata.
Nem o de bronze.

A única coisa que ganhei foi um abraço de consolação de um estranho, que colocou a mão no meu ombro quando baixei os olhos e, finalmente, consegui chorar, voltando ao mundo, à tão cruel Cannes.

Tentando me lembrar do meu nome, de onde eu estava e do que tinha que fazer, permaneci mais um tempo sentado, esperando meu cérebro funcionar. Minhas pernas estavam dormentes, perdidas, recusando-se a aceitar que eu deveria me levantar e enfrentar o que quer que me esperasse.

Do que havia adiantado sair do meu poço? De que adiantava ter sobrevivido até ali para tomar um *não* tão grande do mundo na minha cara?

Era justo?

Eu não tinha a menor noção.

Não tive coragem de olhar para as outras peças que concorriam com a minha.

Sinceramente, eu podia ter perdido sentado na sala da minha casa, no bar com a Ananda, na cozinha com meus pais, mas não. Fui perder na frente de todo mundo.

Sem alternativa, juntei o que sobrou de mim em uma pilha e fui chutando para o lado de fora, rolando pelo tapete vermelho. Na praia, me misturei à areia e deixei as ondas levarem o que quer que não desse para consertar mais.

Só esperava que sobrasse alguma coisa, por menor que fosse.

Com as mãos apoiadas no chão e a cabeça jogada para trás, abria e fechava os olhos quando a água encostava nos meus dedos dos pés. A cada onda, rezava para tudo ter sido um sonho, mas não era: eu permanecia em Cannes, e meu superpoder de fechar furos de enredo não existia para botar o Leão de Ouro sentado ao meu lado.

Misturado com a areia, a lua e a água, indo e vindo com a maré, os prédios da orla haviam deixado de ser concretos e passaram a girar e a se perder no céu como se a gravidade tivesse deixado de existir.

Como eu passaria meus últimos dois dias em Cannes?

Eu queria ir embora com algum caranguejo mais valente que chegasse para desbravar a praia e me puxasse pelo dedão do pé para o fundo do mar para me enrolar nas algas e passar a existir em uma dimensão que não a vida real.

Merda.

Só podia ser castigo.

Eu devia estar pagando a língua.

Por quê?

Ah, porque resolvi fazer uma porcaria de uma aposta mental para resolver meus problemas sem resolver porra nenhuma.

O destino se encarregaria de tudo.

Na minha cabeça, minha voz, muito esperta, me perguntou: *muito bem, idiota, muito bem. Vai ser homem o suficiente para admitir que as coisas não são fáceis e que sua vida não vai se resolver com uma simples aposta ou vai manter essa ideia maluca?*

Mas não tive dúvidas.

Apostei.

Apostei sem dó, porque era mais fácil.

Resolver as coisas pra quê?

Cannes era minha encruzilhada. Depois de minha estada lá, nada mais seria o mesmo. Mas para onde eu correria? Que decisões tomaria? Para onde iam o *sim* e o *não*? Onde colocaria os pontos finais?

Merda.

Era mais fácil jogar tudo para o alto.

Onde caísse, caiu.

E caiu.

Voltar à Trave e encarar a fuça de Ulisses? Ter que aguentar a cara de Menelli, que não tinha acreditado em mim? Dividir a sala coletiva com um monte de gente que pensava em mim como um ladrãozinho qualquer?

Assumir meu relacionamento com a Ananda, que fazia com que eu fosse um Daniel autêntico, genuíno, mas ainda com um restinho de história entalada com Olívia, que trazia o peso de ter sido um furacão, uma sereia, um farol na minha vida?

Valia a pena largar tudo e começar do zero? Tipo, Trave e Olívia no lixo e Ananda e escritório no bar a todo vapor?

Valia a pena voltar para o meio da confusão? Tipo, Ananda e freelas no lixo e Trave e Olívia de volta?

Apostei. Se ganhasse, voltaria à vida antiga, porque eu havia imaginado ganhar o prêmio com Olívia em meus braços. Era só correr atrás, colocar pingos nos "is" e vamo que vamo. Se eu perdesse, começaria tudo de novo. Deixaria Olívia e a Trave e partiria para uma nova vida.

Mas será que eu estava pronto?

Será que era isso mesmo que eu queria?

Será que, apostando com o destino, eu teria mesmo que cumprir minha promessa?

Merda.

Olhei para as estrelas e soltei um riso irônico. Meu sonho era estar ali para olhar aquele céu com o prêmio esquentando meus braços. Por ingenuidade, nunca havia aceitado verdadeiramente que poderia chegar lá e perder. Que as outras campanhas estavam melhores que a minha.

Eu era o Daniel Carboni, o cara que, com 23 anos, tinha sido indicado a Cannes, então não tinha como dar errado.

Quanto mais alto, maior é a queda, não é?

Pois eu era um fracassado.

Um fracassado espatifado no chão.

Um fracassado internacional!

Mas eu precisava de provas. Com uma Foto Oficial do Fracasso, eu estava garantindo boas risadas no futuro.

Pelo menos era isso que as pessoas diziam, não? Um dia você vai rir disso?

Pois é.

Quando desbloqueei a tela do celular, vi uma mensagem que Olívia tinha enviado quatro horas antes: *Minha mãe passou mal em casa e teve que entrar em uma cirurgia de emergência. Responda quando ler isso, por favor.*

Cliquei na notificação. Quando a conversa abriu, apareceu uma segunda mensagem, enviada duas horas depois da primeira: *Onde você tá? Mamãe não resistiu. Não sei o que fazer. Ela faleceu.*

EU SÓ QUERIA PRECISAR NÃO ABRIGAR O PESO DO MUNDO INTEIRO DE UMA SÓ VEZ.

"PROM QUEEN", CATIE TURNER

25

Com o celular nas mãos, eu não soube o que fazer.

Como as coisas poderiam ter piorado ainda mais?

Tristeza pouca é bobagem: era o que ecoava na minha cabeça.

A madrugada se espalhou na praia e, na tela, a mensagem de Olívia ainda martelava. Não estar disponível para ela em um momento tão crítico voltava à minha garganta como azia, trazendo um gosto azedo à minha boca.

Como sobreviveria àqueles dois dias?

Os passeios, a cidade, as paisagens, os restaurantes, o festival, nada mais importava.

Deitado sobre a areia, ainda esperando que o mar me levasse, fechei os olhos e desejei realmente ter meu superpoder. Se não tivesse dado a chave da minha casa a Ulisses, não teria sido demitido ou brigado com Olívia. Ao mesmo tempo, se Ulisses não fosse um filho da puta, eu não teria conhecido Ananda ou o Daniel que toma gim-tônica e lambe a manteiga do canto da boca em vez de usar um guardanapo.

Mas mesmo alterando o roteiro da minha amizade com Ulisses, dona Beatriz ainda morreria e eu perderia Cannes.

Não tinha solução.

Era o que era.

Levantei, coloquei a mochila nas costas e saí, chutando as poucas pedrinhas que eu conseguia encontrar sobre a areia.

Fechei os olhos, respirei fundo e peguei meu celular.

— Alô, meu campeão! — A voz de Ananda do outro lado da linha tinha um pouco de chiado. — Como foi?

— Não foi — sussurrei, com o pouco de voz que consegui juntar na garganta. — Quer dizer, saí antes do fim. Meu projeto não ganhou, e nem quis ver as outras categorias.

— Ah, não fica assim! — falou, com a voz que ela usava para tentar me animar. — Mas você sabe que isso não te faz menos vencedor, não sabe?

— Claro que faz. — Cheguei mais perto da água, com os olhos baixos, chutando as ondas. — Foi basicamente uma viagem em vão.

— Ah, seu, bobo. — A voz dela revelava um sorriso do outro lado da linha. — Quantos publicitários brasileiros já foram tão longe assim?

— Muitos.

— Com a sua idade? — Ela riu de leve. — Du-vi-do!

— Tanto faz — completei, extremamente mal-humorado, com vontade de explodir o mundo com uma bomba nuclear. — Você tá ocupada? Eu sei que liguei sem avisar...

— Tô não. — Por trás da voz dela, veio o barulho de uma porta batendo e umas buzinas de carro. — Dei uma saída do bar agora para pegar um arzinho. O movimento tá uma droga.

— Desculpa jogar minha frustração em você... — Respirei muito fundo, juntando coragem para dizer, para tornar o fato real. — Mas perdi a premiação e, pra piorar, acabei de saber que a mãe da Olívia faleceu.

— Agora?

— Não... — Fiquei calado por um tempo, pensando em como explicar. — Eu me perdi no fundo do meu poço, me sentindo o último dos mortais por ter perdido e nem olhei o celular quando a Olívia mais precisava de mim.

— Ela tá bem? — perguntou, com um tom sério, preocupado.

— Não sei. — Respirei fundo e fiquei calado uns segundos, tentando engolir as lágrimas. — Não tive coragem de falar com ela...

— E você? Tá bem?

— Não sei. Aconteceu tanta coisa ao mesmo tempo! — Sentei na areia, porque meu corpo se recusava a andar. — A minha derrota... Não estar no Brasil para ajudar a Olívia... Lidar com essa impotência é foda, sabe?

— Sei que é foda, Dani. Mas... — Ela fez uma pausa, depois continuou com uma voz maternal: — Estar aqui também não ia adiantar muito. O máximo que você poderia fazer era emprestar o ombro para ela chorar.

Levantei, molhei os pés no mar e comecei a andar novamente, porque não cabia no meu próprio corpo de tanta ansiedade e tristeza.

— A Olívia precisa de mim. Sei que precisa.

— A Olívia precisa de você ou... você precisa dela?

— Oi?

— Sim. *Ela* precisa de você ou *você* precisa dela? — Ananda repetiu, mandando no meu peito o segundo tiro da noite. — Durante muito tempo, vocês foram o porto seguro um do outro. Não tô dizendo que eu não seja suficiente, que você não goste de mim, nem nada do gênero. Não é isso. — Ouvi um tremor na voz dela. — Quero dizer que você tem que resolver tuas coisas antes de seguir a vida, sabe? Antes de eu ser a pessoa que você precisa.

— Eu...

— Meu bem... — A voz de Ananda me interrompeu. — Tá de boa. Tô aqui pra seguir com você, mas você tem que resolver essa coisa toda, senão vai continuar na vida que está.

— Mas não quero a vida que eu tinha. Ou tenho, sei lá... — Parei e olhei para a orla, perdido, os prédios rodando novamente. — Não quero a Trave... Não quer...

— Não adianta querer me explicar o que você quer ou não. Isso você tem que resolver com você mesmo. — Senti na voz de Ananda um sorriso. — Sempre senti o fantasma da Olívia ao nosso lado. Você precisa conversar com ela, resolver as coisas. Os dois precisam. Se você acabar ficando com ela, tudo bem, faz parte. Talvez eu te odeie por um dois dias, mas depois passa. — Ela riu. — Mas é importante que você resolva. E, se você resolver e quiser continuar o que temos, eu estarei aqui.

Não consegui dizer mais nada.

Eu havia perdido a aposta.

Tinha que dar um pé na Trave e na Olívia e ficar com a Ananda e com os freelas.

Era o combinado.

Como que, junto com tudo que estava acontecendo, Ananda ainda tinha me mandado ir conversar com a Olívia?

Tinha que ser uma dimensão paralela.

Não era possível.

EU TE AMEI MAIS DEPOIS DE DESCOBRIR QUEM VOCÊ REALMENTE É.

"A MONSTER LIKE ME", DEBRAH SCARLETT

26

Desembarquei no Brasil com várias horas de atraso. Na verdade, o atraso era muito maior, porque não consegui chegar a tempo para o velório e o enterro de dona Beatriz.

Eu sabia das limitações geográficas e logísticas, mas isso não aliviou o peso na minha consciência por não ter conseguido segurar a mão dela naquele momento tão difícil.

Meu período em trânsito foi tão complicado por causa das escalas e de um cancelamento, que acabei ficando totalmente *offline*. Essa solidão forçada me levou a pensar que minha tristeza tinha muito mais a ver com a morte da Beatriz do que com a Olívia em si, porque Ananda tinha se instalado dentro de mim de um jeito que eu não tinha percebido.

Mas *game over*.

Não adiantava mais ficar medindo a presença de uma com base na ausência da outra. Agora que eu havia chegado ao Brasil, tinha que resolver as coisas, porque não conseguiria mais viver espalhado por tantas vidas e possibilidades. Eu não estava com Olívia, mas também não estava com Ananda. Eu estava trabalhando na Trave, mas não tinha deixado de fazer e procurar freelas.

Na minha cabeça, Letícia reaparecia com sede de vingança. Não era culpa dela, claro. Ela só tinha ido embora, partido para procurar o caminho dela, mas a destruição que sobrou depois do furacão Letícia fez com que eu me tornasse um Daniel vulnerável, maleável, inseguro. Como eu não tinha tido forças para fazer com que ela ficasse, eu fiz de tudo para não perder mais ninguém. Assim, passei a girar em torno das vontades de Ulisses, de Olívia, da minha família, de qualquer pessoa que eu julgasse importante.

Eu não podia continuar assim.

Não depois de tudo.

Assim, me recusei a aceitar o resultado da minha aposta com o destino.

Eu decidiria o que queria, porque não estava mais a fim daquela falta de atitude.

Como diria minha mãe: camarão que dorme, a onda leva.

Após desembarcar, fui direto para casa. Larguei minhas coisas ao lado do armário — o maldito lugar que Ulisses tinha escolhido para começar a minha ruína —, coloquei o celular para carregar e tomei um banho. Precisava tirar os últimos resquícios de Cannes da minha pele, porque tudo que eu estava prestes a fazer ou dizer tinha que vir de dentro de mim, do Daniel que viveria no Brasil sem asterisco dourado no currículo.

Voei para encontrar Olívia em uma cafeteria do centro.

Encontrei-a sentada em uma mesa ao lado da janela. Os raios de sol do fim da tarde iluminando seu rosto, ressaltando suas olheiras.

Pedi um *espresso* e me sentei de frente para ela.

— Oi! Desculpe a demora — me justifiquei, talvez falando muito mais sobre a chegada ao Brasil do que ao café. — Sério mesmo.

— Ná, tá tudo bem. Cheguei mais cedo para sair um pouco de casa. — Olívia ergueu o rosto e me encarou do jeito que ela fazia quando estava triste. — Como foi a viagem?

— Nada de mais. Agora já tô aqui. É o que importa — resumi, porque sabia que ela não estava interessada nos meus problemas de itinerário. — Como você tá?

— Levando. — Com os olhos fixos na xícara, mexeu a espuma do *cappuccino* com a colher de chá, devagar, como se o tempo não existisse. — Eu não estava preparada, sabe? Acho que a gente nunca tá. Por mais que eu já soubesse que ia acontecer, sei lá... Foi foda.

A luz do sol começava a diminuir e, na rua, que eu observava pela janela, as pessoas se apressavam saindo do trabalho. O semáforo mudou de verde para amarelo, para vermelho e para verde novamente.

— Não estou querendo medir meus problemas com os seus, porque são incomparáveis, mas eu também perdi parte de mim lá em Cannes. Se pra mim foi difícil... Não imagino... Não sei nem o que dizer...

Meus dedos brincavam com a borda da xícara, e eu evitava encarar Olívia. O semáforo mudou de cor novamente.

— Daniel... — Ela fungou, então eu a encarei, incapaz de resistir ao som, à certeza de que ela estava chorando. — Não tem muito o que dizer. Aconteceu. Eu vou ter que aprender a lidar com isso. Como estou aprendendo a lidar com a morte do meu pai até hoje...

Ela abriu um sachê de açúcar, jogou o conteúdo sobre a mesa e ficou passando o dedo indicador pelos grãos, o que me fez lembrar de Ananda e seus palitos.

— Eu queria poder mudar uma série de coisas... — Estiquei as mãos para pegar as dela, mas ela as retirou antes de eu chegar perto. — Queria poder tirar um pouco desse fardo dos teus ombros...

— Não tem como tirar esse tipo de coisa, Daniel. — Ela olhou para o teto, fungou, pegou um guardanapo, piscou diversas vezes e limpou o canto dos olhos. — É uma dor minha e só minha. Ponto.

— Pode ser... Mas quero que você saiba que eu tô aqui. Agora, amanhã, depois.

— Obrigada. Mas tá de boa, Daniel. Você não precisa fazer isso. Esse vazio passa.

Ela baixou os olhos e encarou as próprias mãos sobre a mesa. Depois, tomou o resto do *cappuccino* de uma vez, pediu mais um ao garçom e se perdeu no movimento do lado de fora.

— Olívia... A gente se conhece há dois anos. — Peguei um palito, quebrei no meio e fiquei empurrando com o dedo, como se quisesse invocar o fantasma da Ananda. — Não é porque tua mãe se foi que a gent...

— Daniel... — Virou o rosto para mim, séria, ainda com os olhos muito brilhantes, quase molhados. — Você não tem que ficar disponível pra mim o tempo todo. Não é justo.

— Você é parte da minha vida.

— Não é isso, você sabe do que eu tô falando...

Olívia calou-se por alguns segundos e ficou brincando com o açúcar. Nossos dedos se encontraram por engano, e ela recolheu a mão, que correu para o pescoço e agarrou-se ao pingente dourado com o nome da mãe.

— Sei que sua vida tá tão fodida quanto a minha, se não mais — ela continuou. — A merda lá em Cannes, na Trave, eu... Sua namorada...

— Ah... Olívia... — Balancei a cabeça e suspirei, completamente sem palavras. Queria dizer muitas coisas, mas nem sabia por onde começar.

— Olha, Daniel... Não sei se é a hora certa... — ela disse com um fiapo de voz. — Mas tenho que te dizer umas coisas.

— O que acontec...

— Não, Daniel... — Ela suspirou e me encarou. Seus olhos estavam diferentes, duros, quase impermeáveis. — É coisa minha. Minha e sua, mais precisamente... — Bufou e olhou para o teto, apertando o guardanapo na mão. — Você se lembra do Alfredo, né?

— O seu terapeuta? Claro que lembro.

Tentei me proteger do que viria invocando a presença de Ananda, então segurei metade do palito entre o indicador e o dedão e fechei os olhos, para me lembrar dela.

— Pois bem. — Ao receber o café do garçom, pingou adoçante e ficou misturando, misturando, misturando. — Conversei muito com ele tentando entender a perda do meu pai, da minha mãe... A sua perda também.

— Do que você está falando, Olívia?

— Ah... — Levou a colher à boca, bateu-a nos lábios algumas vezes e colocou-a na outra xícara, agora vazia, sem me encarar. — A nossa briga me ajudou a colocar as coisas em perspectiva... Meus sentimentos... Minhas expectativas... Minha necessidade de ter tudo do meu jeito...

— Eu não...

— Calma... — Suspirou. — Não terminei. Estou tentando colocar as coisas em ordem. Nas conversas com o Alfredo, tive que encarar uma das coisas mais injustas que fiz com você. — Ela levantou a mão quando eu ia abrir a boca, pedindo para que eu a deixasse terminar. — Eu nunca consegui superar que você nunca conversou comigo sobre a nossa primeira noite, então eu não me aguentava... Jogava mil indiretas na sua cara. — Balançou a cabeça e continuou, com uma voz quase irônica: — Mas ou você não entendia ou se fazia de desentendido...

— Olívia! — exclamei, desanimado e bravo ao mesmo tempo. — Então era disso que você estava falando? — Encarei a janela, meio sem paciência. — Eu ouvia tuas indiretas e ignorava, porque não sabia do que você estava falando. Para dizer a verdade, sempre achei que tinha *alguma* coisa a ver com o Thomas ou o Pedro, sei lá.

— Não. Era pra você mesmo. Era sobre a nossa noite... — Bebeu um gole e me jogou um olhar duro, quase de acusação. — Mas agora não vem ao caso.

— Não vai me falar o que aconteceu?

— Na verdade, não aconteceu nada. — Ela sorriu, triste. — Feliz ou infelizmente. Não sei. Mas o que posso te dizer é que essa noite me perseguiu como um fantasma, fazendo da minha vida um inferno.

— Mas por que você não me disse?

— Ué... — Suspirou e virou-se para o outro lado na cadeira. — Você... Se você fosse um cavalheiro mesmo, como me pareceu ser naquela noite, era obrigação sua lembrar.

— Mas tudo era meio que obrigação minha, né, Olívia?

— Do que você está falando? — Ela arregalou os olhos, séria. — Obrigação?

— É. — Encarei-a pelo canto do olho, meio bravo, meio ressentido. — Eu tinha obrigação de me lembrar de uma coisa que não existia na minha memória. Eu tinha obrigação de ser um ombro para você chorar. Eu tinha obrigação de ouvir você falar dos seus peguetes... — Bufei, injuriado. — Aliás, eu tinha até obrigação de tomar Aperol, porque você achava gim-tônica brega e muito amargo.

— Oi?

— É. — Uma onda de ressentimento invadiu minha garganta e quebrou na minha boca. — Olha, você, durante muito tempo, foi meu sonho. Eu te via como um ser fantástico, uma musa inatingível. Só que... — Descruzei as pernas, apoiei os braços na mesa e me inclinei na direção dela. — Só que eu não era páreo para os concorrentes, né, Olívia? Eu, Daniel, o cara que sai por aí de camiseta, bermuda e tênis, não tinha como competir com Thomas, por exemplo, um cara mais velho, cheio da grana, o suprassumo do *hipster* moderno: barbinha feita, roupas de grife, espiritualidade da moda... — Peguei minhas metades do palito, comecei a brincar novamente e desviei o olhar para a minha xícara. — Até cerveja artesanal ele fazia. Tinha coque samurai! — Olhei para ela e revirei os olhos.

— Mas... Daniel... — Olívia esticou as mãos para tocar as minhas, mas não deixei. — Não é culpa dele. Ele era assim mes...

— Olívia, olha... — Voltei a encostar na cadeira para deixar uma distância segura entre nós. — Não é uma questão de ser culpa dele ou não. A questão é que você criou todo um joguinho comigo por causa de uma noite de que eu não me lembrava e, enquanto isso, esfregava teus peguetes na minha cara, como se dissesse que eu nunca seria bom o bastante pra você. — Meu celular tremeu no bolso, mas ignorei. Não queria que fosse um motivo de briga. — Eu era completamente apaixonado. Tipo, cachorrinho, sabe? Então virei outra pessoa para ver se você olhava na minha direção...

— Ah, Daniel... — Ela ficou calada por alguns segundos. — Eu não sabia que você gostava de mim.

— Sério? — As palavras entraram pelos meus ouvidos como se fossem veneno. — Cara, eu era completamente apaixonado por você.

Durante muito tempo, era com você que eu sonhava em viajar pra Cannes, sabe? Durante tanto tempo você foi tudo que eu comia, bebia e dormia, Olívia. Tudo...

— Do meu lado, eu não sabia o que fazer com aquela noite que tinha sumido da sua memória... Uma noite da qual eu tinha gostado tanto.

— Mas por que você não me perguntou? — Abaixei a cabeça e procurei os olhos dela. — Tudo teria sido tão diferente!

— Não sei. — Ela evitou meus olhos, tomou o restinho do *cappuccino* e voltou a brincar com o açúcar. — Sei lá. Talvez eu não quisesse acreditar que estava dando mais importância para o negócio do que ele tinha realmente, sabe? Mesmo porque, naquela noite, não aconteceu nada. Você me colocou na cama, deitou do lado e dormiu. Só.

— Tá vendo? — Bufei, sem paciência. — Eu não tinha noção de nada disso. Não me lembrava. Como também não me lembrava daquela última noite que passei no teu apartamento. — Revirei os olhos e bati os dedos na mesa. — Acho que minha mente se recusa a absorver algumas noites? Ah... Não sei.

— O que sei é que a gente continuou se vendo e acabou virando melhores amigos.

— Melhores amigos não sei. — Senti novamente a dor do ressentimento no meu peito. — Você era o centro do nosso universo. Você, seus namorados, seus problemas...

— Eu sei. Me arrependo um pouco disso.

— Um pouco?

Eu estava começando a ficar puto, então respirei fundo e tentei me controlar. Peguei meu palito para canalizar a calma que a Ananda sempre tinha.

— Serião, Olívia. Eu queria muito ter participado do nosso relacionamento, mas eu era uma coisa, um cesto de lixo onde você jogava teus problemas. Você mal perguntava sobre mim, sobre minhas coisas...

— Sei lá... — Ela olhou ao redor e fixou-se em uma mesa com dois homens e uma mulher. — Acho que era ciúme, não sei. Uma forma de te punir por não se lembrar daquela noite?

— Uma punição muito justa, né, porque você não perguntou, só chegou com a cavalaria e fodeu com a minha vida. — Eu me recostei na cadeira, joguei a cabeça para trás e balancei-a de um lado para o outro. — Se você tivesse falado, as coisas teriam sido tão diferentes! Ou não... Sei lá. Não sei de mais de nada.

— Ah, Daniel... Me desculpa. Acho que era meio que inconsciente. Não fiz por querer. Não sou esse monstro... — Olívia se calou por um instante. — Acho que eu não conversava sobre você porque preferia não imaginar que você pudesse me trocar por alguém... Que eu pudesse te perder para alguém mais interessante, como a Ananda.

— A gente não pode perder o que nunca teve. — Minhas palavras saíram tão afiadas que me cortaram os lábios. E o coração. — Eu nunca cheguei a ter você, sabe?

— Você sempre me teve.

— Não, Olívia. Eu nunca tive. — Peguei a mão dela, acariciei de leve e falei, falei tudo enquanto ainda tinha coragem. — Eu tive você por uma noite, talvez, sei lá, da qual não me lembro. Depois, foram dois anos sofrendo. Te amando escondido. Em resumo, a gente nunca se teve, não como algo diferente de amigos.

— Mas a gente pode, não pode?

— Não sei.

Virei minha xícara de cabeça para baixo e empilhei a colher e os pedacinhos de palito por cima. Meus olhos se fixaram no que eu estava fazendo, porque, se eu olhasse para Olívia, não teria coragem de continuar.

— Tenho tentado colocar a minha vida inteira em perspectiva, sabe? A Trave, o Ulisses, você, a Ananda, minha carreira... — Fechei os olhos, respirei fundo, segurando com todas as forças uma vontade imensa de chorar. — A minha vida anda uma merda. Uma merda gigante. Da mesma forma que você se coloca como o centro do universo, eu me coloquei como o capacho. Não só com você. Com todo mundo. Desde que terminei com a Letícia...

— Mas você nunca foi capacho, Daniel... — Ela procurou minhas mãos, que escondi nos bolsos da calça. — E se eu era o centro do universo no nosso relacionamento, era para ver se eu fazia você gostar de mim...

— Eu me anulava completamente para que você gostasse *de mim*, Olívia, mas... — Novamente, olhei para o teto querendo esconder as lágrimas. — Mesmo assim você não gostou. Você não fez nada. E... É claro... — Juntei toda a coragem. — Eu também não fiz.

— É. Ninguém fez.

Voltei a mexer na minha xícara de cabeça para baixo na mesa.

— A gente ficou numa dança besta... Você esfregando seus namorados na minha cara... E eu tentando ser quem você queria que eu fosse, para ganhar sua atenção. Para sei lá... Que você gostasse de mim? Eu era tão trouxa que me contentava com as migalhas que você jogava.

— Migalhas? — Ela abaixou a cabeça e procurou meus olhos. — Eu adorava passar meu tempo com você. Nunca te joguei migalhas.

— Mas parecia. — Respirei fundo, porque precisava dizer tudo. — Eu tinha migalhas de todo mundo e não cansava de correr atrás. Mas... — Encarei-a. — Depois do Ulisses, depois que me fodi em Cannes... Tenho que conversar com o Menelli, decidir as coisas. Quando penso na minha vida de antes... Não sei se eu quero isso de volta, entende?

— Você tá pensando em pedir demissão?

— Eu penso em encontrar um novo caminho. Olha... Amo a Trave. Amo você.

Meu coração parecia que ia sair pela boca. Dizer que amava Olívia era uma grande conquista na minha vida, porque eu havia sufocado esse sentimento por muito tempo. Será que, por ter conseguido vomitar essas palavras, eu conseguiria ser livre?

— Não quero abrir mão da publicidade ou de nós, mas preciso reavaliar tudo, sabe? Acho que, depois que conheci a Ananda e vi a liberdade que posso ter... com ela e com uma vida fora de Ulisses e da Trave. Daí minha visão de mundo mudou um pouco, sabe?

— Acho que sei. Ou não sei. Sei lá.

Ficamos em silêncio por alguns minutos. Eu tinha plena noção de que a Olívia estava sofrendo, mas eu não podia continuar me anulando por causa dela, sempre ela, sempre ela em primeiro lugar. Se fosse existir alguma coisa entre nós no futuro, tínhamos que começar do zero. Colocar as coisas em pratos limpos.

— A realidade é: o que sobrou de nós depois que a gente foi soterrado por essa avalanche de merda? — Olhei para ela, muito sincero, esperando que ela me encarasse, que a gente se entendesse. — Será que sobrou alguma coisa pra gente reconstruir? Será que a gente não vai estar junto só porque é mais fácil ficar acomodado no passado? Sei lá, é menos doloroso do que seguir em frente... Ainda mais com o tanto de problema que a gente tem agora?

— Ah, Dan... — Ela me olhou, com os olhos cheios de lágrimas, o canto da boca tremendo um pouco. — Sinto falta do Daniel e da Olívia de antigamente, sabe?

— Mas quem a gente era antigamente, Olívia? — Meu coração se despedaçou, porque eu nunca tinha conseguido enxergar as coisas assim. — A gente se conheceu, bebeu, dormiu. Depois disso, a gente foi uma ilusão um pro outro. Você esfregava seus namorados na minha cara para ver se eu me declarava para você, e eu me reinventava e fazia coisas que eu não gostava para ver se você me dava bola. — Suspirei. — Até onde isso é certo? Ou justo com nós dois?

— Eu, sinceramente, não sei, Daniel. — Ela baixou o rosto. — Não sei de nada.

Do meu lado da mesa, olhando para o mundo, eu conseguia perceber nitidamente as rachaduras que haviam aparecido por causa da nossa conversa. As pessoas estavam estranhas, as cores, mais apagadas.

Quando o garçom trouxe a conta, pagamos e fomos para o meu carro. Olívia tinha vindo direto do trabalho, então daria uma carona para ela. Estávamos cansados, precisávamos de sono, de tranquilidade.

No rádio do meu carro, "High Hopes", do Kodaline, encharcava o silêncio que havia se instalado entre nós dois.

Estacionei na frente do prédio dela e desci sem saber o que aconteceria dali para a frente. Precisávamos terminar nossa conversa, mas eu também tinha tanta coisa para resolver, tanta derrota, tanto rescaldo depois do incêndio que havia me devastado.

Olívia veio até mim, passou o dedo indicador pela minha sobrancelha e encostou no carro ao meu lado.

— Daniel... Você não é como o Pedro... Como o Thomas... — disse, retomando a conversa como se ainda estivéssemos no café. — Você é muito diferente deles. Melhor.

— Por quê? — Meus olhos notaram as pequenas sombras que as árvores na calçada formavam em seu queixo. — Por que só está me dizendo isso hoje, dois anos depois, Olívia?

— Não sei. — Ela suspirou e enfiou as duas mãos bem fundo no casaco. — Você é transparente. Ao mesmo tempo, vulnerável, aberto... Sei lá.

Ela me olhou. Seu rosto estava um pouco encoberto pelas sombras, o que fez meu coração disparar por não saber o que poderia surgir daquele imenso desconhecido que era Olívia.

Quem era ela?

Eu queria descobrir.

Minhas mãos queriam dançar por seu rosto para encaixar uma mecha esvoaçante por trás de sua orelha. Meus olhos queriam iluminar o mundo para poder enxergar melhor seu rosto.

— Olívia... Nós vivemos num descompasso. Não sei o que você enxerga em mim, mas eu não era transparente com você... Nunca te disse que te amava. Nunca tentei nada... — Suspirei, perdido, sentindo que cada palavra levaria Olívia mais e mais para longe. — E você também nunca me perguntou. Nunca me disse o que sentia...

— Dan... — Ela respirou fundo, ficou de frente para mim e encostou as palmas no meu peito, num quase abraço. — Eu peço desculpas. Sei lá... Pra mim, amor era *necessariamente* conflito, falta de sono, frio na barriga, crise de ansiedade. — Ela me olhou de um jeito novo.

Será que essa era a Olívia que eu nunca havia conhecido? — Então não consegui reconhecer meus sentimentos com relação a você. Não sei se você entende.

— Não, não entendo. O que você sente por mim?

Não estava a fim de meias-verdades. Precisava de um recomeço, precisava saber para onde correr e de quem me despedir, por mais que doesse, então queria saber o que ela sentia, com todas as palavras, sem enrolação.

— Daniel... — Ela respirou fundo, fechou os olhos e continuou, ainda apoiada em meu peito. — A chegada da Ananda acabou comigo. Comecei a olhar as coisas ao meu redor e percebi que, se eu não corresse atrás, não haveria mais Daniel dormindo no sofá ou me acompanhando a *restaurrantês* caros demais pra pouca comida que servem. — Ela sorriu, provocando um sorriso meu também. — Não sei se dá para entender.

— Ah, Olívia... Por que a gente não teve essa conversa quando as coisas eram mais fáceis? — perguntei, com uma dor real no peito.

Ouvir Olívia dizer aquelas palavras foi terrível. Como a gente podia ter se perdido tanto, mesmo estando tão perto? Como errou na dança e se perdeu, estando no mesmo lugar?

— Sinceramente... Não é uma questão de estar comprometido com a Ananda, porque temos um lance, uma coisa boa, uma espontaneidade e liberdade que nunca tive com você.

Respirei fundo, procurando não ser cruel, mas eu tinha que me defender também. As coisas não podiam continuar a ser como *ela* queria, quando *ela* queria e se *ela* queria.

— Eu amo você. Muito. Mas eu amo a ideia da Olívia que eu tinha. E você gosta da ideia do Daniel que eu inventei para que você me desse uma chance. Será que dá pra gente fazer alguma coisa com isso? — Suspirei e olhei para o céu, procurando alguma resposta. — Será que tem solução? Será que dá pra gente se conhecer de novo e se gostar por quem somos e não por quem éramos, pela ilusão que a gente criou?

— O que você quer dizer com isso?

— Que sei lá...

Olhei para o céu novamente, buscando força, porque eu precisava dizer o que nunca achei que falaria. No fundo do meu poço, Olívia era minha salvação. No dia em que nos conhecemos, Olívia era um farol, um furacão, uma doença sem cura que havia me contaminado. O que havia acontecido naqueles últimos minutos, como eu havia mudado, como estava me recusando a ter a mulher com quem eu sempre tinha sonhado? Ou será que nunca sonhei com ela? Será... Era. Era. Infelizmente, era. Era um sonho. A Olívia que estava encostada no meu peito não era a mesma pela qual eu tinha me apaixonado, porque eu não conhecia aquela mulher de olhos molhados e de fala mansa, vulnerável, sincera. Em que mundo ela havia se escondido?

— Olívia, talvez a gente tenha que continuar como amigos. Como eu disse... — Virei o rosto, porque senti meus olhos queimando. — Talvez a gente consiga, um dia, colar os nossos cacos... Recomeçar... Daí... Quem sabe... Mas... Olívia... — Fechei os olhos e coloquei as duas mãos no rosto, porque não queria encarar aquela verdade. — Você merece alguém que não tenha medo de dizer que te ama, e eu mereço alguém que não tenha medo de me dizer as coisas que incomodam, sabe? A gente se ama, mas ama quem? Acho que a gente ama a máscara que criamos um pro outro.

— Mas eu não quero perder você... — Ela levou as mãos ao meu rosto para que eu a encarasse. — Daniel, não quero perder a possibilidade de ter alguma coisa com você um dia.

— Mas Olívia... — Balancei a cabeça, porque era muito absurdo. — Olha só... Não estamos bem. Nunca realmente soubemos quem éramos juntos... E agora você vem me dizer que não quer perder a *possibilidade* de um dia ter alguma coisa comigo? — Revirei os olhos, suspirei, procurando paciência. — O que tiver que ser, vai ser. O que não podemos é continuar desse jeito. Você, no centro do mundo, querendo me manter por perto porque *um dia* gostaria de ter alguma coisa comigo.

Levantei o rosto dela pelo queixo para que me encarasse e quase morri vendo as lágrimas que desciam por sua bochecha.

— Escuta, lembra daquele papo todo de liberdade? Não posso ficar esperando mais dois anos para ver se alguma coisa vai acontecer... Não do jeito que as coisas estão. Se tiver que acontecer, vai acontecer. A gente tem que se conhecer de novo, ver se o que sobrou de nós por causa das nossas tragédias ainda é bom o suficiente para dar em alguma coisa...

— Mas eu te amo, Daniel.

— Olívia, eu também te amo. — Minhas pernas bambearam. Dois anos sonhando com aquelas palavras e lá estava eu, sendo o racional do relacionamento. — Mas até que ponto nos envolvermos agora seria real? Você estaria suprindo uma carência por causa da morte da tua mãe... E eu? Eu estaria me agarrando a você por causa de Cannes, da Trave, do Ulisses... A gente estaria ficando junto por causa de tudo no mundo, mas não por nós dois. Não por nos gostarmos de verdade, sabe?

Fugi dos olhos dela para não chorar. Como havíamos conseguido chegar até aquele momento? Por mais que meu coração estivesse sangrando, não havia nada a ser feito. Tínhamos que enterrar tudo antes de começar de novo. Tínhamos que nos despedir de quem fomos, de quem achávamos que éramos e ser verdadeiros, ser nós mesmos, juntos ou, infelizmente, separados. Suspirei e olhei para cima, pedindo a Deus alguma ajuda, algum sinal, alguma resposta, mas tinha certeza de que tudo que eu tinha que saber estava nela, em Olívia, minha sereia, meu farol, minha Medusa, minha perdição. Olívia...

— Por mais que isso me doa, meu amor... — Abracei-a muito forte, tentando me misturar a ela para nos refazermos, novos, sem rachaduras. — Não podemos pensar em um futuro juntos... Não até que a gente se conheça de novo.

Baixei os olhos, em luto por ter matado tudo que eu sempre quis durante aqueles dois anos. Olívia, na minha frente, dizendo tudo que eu sempre quis ouvir, e eu, agarrado a ela, dizendo que não; não até começarmos de novo, não até nos conhecermos de novo.

Dentro de mim, tudo era líquido e chorava.

Fora de mim, o mundo tinha anoitecido e talvez o sol nunca mais surgisse.

Até que senti a mão em minhas costas.

E o rosto dela se aproximou do meu.

Mais.

E mais.

Todas as sensações e sonhos que tive naqueles dois anos ficaram suspensos no espaço entre nossos lábios, boiando como promessas de um futuro que não existia mais. Nossas noites, nossas risadas, meu mau humor com os namorados dela, nossos vinhos e cervejas, tudo veio jorrando do fundo do meu peito e se espalhou entre nós como uma sentença de morte, porque era falso.

Porque não era eu.

Não era ela.

Levei minha mão aos cabelos de Olívia e acariciei-os devagar, aproveitando cada segundo. Procurei seus olhos, que brilhavam, e deixei que os meus brilhassem também, com as lágrimas escorrendo, sem medo de me mostrar de carne e osso, frágil, quebrado, sem saber para que lado correr. Afastei um pouco seu rosto do meu e levei minhas duas mãos às suas bochechas. Eu precisava guardar todo aquele momento dentro de mim, porque ele seria o começo ou o fim.

O começo ou o fim.

Beijei-a na testa como se o mundo estivesse acabando, ainda perdido nos momentos que nos rodeavam, nos ecos de tudo que poderíamos ter sido. Nas promessas do que o futuro poderia trazer.

Ou não.

Sem alternativa, encaixei a cabeça no pescoço dela, emaranhado em seu cabelo castanho, no cheiro que me serviu de casa por tanto tempo e respirei fundo, na esperança de que aquela dor morresse sufocada dentro de mim.

— Eu te amo — sussurrei. — Vamos ficar bem.

AGRADECIMENTOS

O Júlio que começou a escrever em 2015 não era a mesma pessoa que é hoje. Entre as perdas e os ganhos, entre as lições dolorosas e os aprendizados, eu sou alguém completamente diferente.

Por isso, singelamente agradeço a existência deste livro a Deus, a Sua Santíssima Mãe e a meu Anjo da Guarda. E, pela ação providente dEle e destes, sou imensamente grato a Alessandra Justo, por me aturar nessa caminhada, editar esta obra, transformar minha escrita para sempre e dar mais vida a estas páginas e personagens.

Com ela, agradeço ao Pedro Almeida — o melhor e mais feliz editor do mundo —, a equipe da Faro e a toda a cadeia do livro no Brasil. Destes, cito a Carla, Andrea, Diego, Carol, Cadu, Caio, Thais, Flávio (que foi embora do país, mas sempre será uma referência de amor aos livros para mim) e todos os colegas de casa.

Dedico a escrita destas palavras também a Bela Lovatto, que num sushi me convenceu que eu era capaz de inventar um mundo com as letras. A minha prima Deise, falecida no decorrer da escrita - do céu conto com tua intercessão, meu bem. A meus pais, Cleusa e Celso; minha irmã e meu cunhado, Diana e Diego; meus avós, Beatriz e João Ilário; meu afilhado Bernardo (e ao Henrique, que nasceu durante os últimos ajustes desta obra) e toda minha família. Vocês são a fortaleza do meu coração.

Aos padres Ezequiel Herold e Filipe Mirapalheta, por serem os melhores diretores espirituais do mundo, e aos sacerdotes que me ajudam a crescer em virtudes e amor: pe. Wagner, pe. Lucimar, pe. Luiz Afonso, pe. Victor, pe. Rafael, pe. Cézar e pe. Leandro. Estando comigo há muito ou pouco tempo, com contato frequente ou esporádico, saibam que os amo muito e sou imensamente feliz pela amizade.

A Monika Jordão, como já se tornou costume, e ao Mateus Santos, pela amizade incrível e por incentivarem meu crescimento enquanto autor como poucas pessoas fariam. A sinceridade de vocês me faz melhor.

Aos amigos que fiz na Gramado Summit, sem exceção. Destes, em especial ao Marcus. Aos amigos da faculdade e da vida inteira. Vocês sabem quem são.

Dedico esta obra a cada leitor com quem já troquei uma palavra, abraço, carinho, conselho, oração. Vocês me fazem continuar e me oferecem os melhores afetos do mundo - presencial ou virtualmente.

Para deixar registrado: o processo de escrita deste livro foi importante para mim. Durante os dias em que dormi e acordei com o Daniel e a Olívia, mudei quem sou. Descobri prioridades da minha vida, acordei sonhos adormecidos, continuei um processo de crescimento que durará para sempre. Espero que a leitura tenha trazido um pouco disso tudo para você.

E, como a partir de agora a função de dar vida a estas páginas é toda sua, eu agradeço ao teu coração por abrir-se ao meu de alguma forma.

Que você sempre redescubra quem é, como estas personagens fizeram, e entenda o valor da sinceridade — para consigo e com os outros.

Que fique tudo bem para você também.
Minha oração e meu carinho por ti.
Até logo, em novas palavras.
Beijo estalado.

Júlio Hermann.

ASSINE NOSSA NEWSLETTER E RECEBA
INFORMAÇÕES DE TODOS OS LANÇAMENTOS

www.faroeditorial.com.br

CAMPANHA

Há um grande número de pessoas vivendo com HIV e hepatites virais que não se trata. Gratuito e sigiloso, fazer o teste de HIV e hepatite é mais rápido do que ler um livro.

FAÇA O TESTE. NÃO FIQUE NA DÚVIDA!

ESTA OBRA FOI IMPRESSA
EM SETEMBRO DE 2020